KB103494

林莽 外

深夜 幽鳴

•

한밤 낮은 울음소리
중국 현대대표시선

창 비 세 계 문 학

21

•

한밤 낮은 울음소리

중국 현대대표시선

•

린망 외

김소현·김자은 옮김

창비

차례

•

쉬즈모

눈꽃의 즐거움 / 이 비겁한 세상 / 샛별을 찾으려고 / 상하이 항저우 간 기차에서 / 독약 / 우연 / 굿바이 케임브리지

9

원이둬

붉은 초 / 참회 / 어쩌면 ― 만가 / 원이둬 선생의 책상 / 고인 물 / 기도

25

리진파

밤의 노래 / X에게 / 추(醜) / 통곡 / 행복 하라! / 시간의 표현 / 느낌 / 죽음

41

다이왕수

비 내리는 골목 / 나의 기억 / 잘린 손가락 / 감옥 벽에 쓰는 시 / 내 거친 손바닥으로 / 자화상 / 내 연인 / 꿈을 찾는 사람

63

아이칭

투명한 밤 / 다옌허(大堰河)―나의 유모 / 중국 땅에 눈이 내리고 / 나는 이 땅을 사랑합니다 / 물고기 화석 / 호랑무늬 조개 / 그리움은 두둥실

83

벤즈린

몇사람 / 길가 / 단장(斷章) / 외로움 / 비와 나 / 무제 5

109

무단

야수 / 뜰 / 어린 시절 / 혹한의 섣달 저녁에 / 찬미 / 시 여덟편 / 지혜의 노래

119

정민

금빛 볏단 / 외로움 / 연꽃──장다첸의 그림을 보다 / 그대는 이제 가을날의 숲길을 끝까지 가셨습니다──징룽을 애도하며 / 공작선인장 / 가을비에 젖어 밤은 깊어가는데──가을밤 랑(朗)과의 작별에 부쳐

143

뉴한

화난(華南) 호랑이 / 삼월 새벽 / 겨울날 벽오동 / 나는 조숙한 대추 / 바다 건너기 / 선녀봉──함께 배를 탔던 어느 청년의 이야기 / 희망 / 한혈마(汗血馬) / 마지막 한사람──마라톤 경기를 보고 / 무제

163

창야오

물새 / 단풍 / 바다 끝 / 도시 / 사람, 꽃, 그리고 검정 도기 항아리 / 인간의 무리가 일어선다 / 저녁 종 / 세상

191

스즈

운명 / 미래를 믿습니다 / 찬 바람 / 여기는 4시 8분 베이징 / 다시 만날 날을 기다리며 / 뜨겁게 생명을 사랑하노라 / 시인의 월계관 / 내가 돌아갈 곳

205

베이다오

대답 / 선고──위뤄커(遇羅克)에게 바침 / 이력 / 감전 / 고향 말씨 / 한밤의 가수 / 창조 / 옛 땅

227

린망

다섯번째 가을—바이양뎬 지식청년 소농장 / 열차 기행 / 나는 소망을, 떠올린다 / 똑똑 물 새는 소리 / 한밤 낮은 울음소리 / 섣달에 내리는 눈 / 눈이 녹는 밤

245

수팅

벽 / 드림 / 추모—박해받고 숨진 어느 노시인을 기념하며 / 늦가을 밤의 베이징 / 추석 밤 / 어쩌면?—어느 작가의 외로움에 드리는 답 / 한 세대의 외침

269

위젠

상이가(尙義街) 6번지 / 까마귀에 대한 명명 / 추락하는 소리 / 하늘을 뚫는 못

289

구청

한 세대 / 나는 버릇없는 아이 / 눈사람 / 부처님 말씀 / 영혼에는 외로움이 사는 곳 있어 / 묘지석

309

하이쯔

황토(黃土) 중국 / 나, 그리고 다른 증인들 / 밤의 헌시—밤의 딸에게 바침 / 밀밭 / 네 자매 / 먼 길 / 바다를 향해 봄이면 꽃이 피는 / 꽃은 왜 이리 붉은지 / 술잔—사랑 시 한묶음

323

옮긴이의 말
342

수록작품 출전
348

원저작물 계약상황
354

발간사
359

일러두기
1. 본문 중의 각주는 옮긴이의 것이며, * 기호로 표시한 내용은 옮긴이의 해설이다.
2. 외국어는 되도록 현지 발음에 가깝게 표기하되, 우리말 표기가 굳어진 것은 관용을
   따랐다.

쉬즈모(徐志摩, 1897~1931)

1897년 1월 저장성(浙江省) 하이닝현(海寧縣)에서 태어났다. 본명은 장쉬(章垿), 미국 유학 시절 즈모로 개명했다.

중국 현대시 초창기의 시인 그룹 신월파(新月派)의 대표 시인이자 산문가이기도 하다.

저장성의 대지주이며 사업가 쉬선루(徐申如)의 외아들로 태어났다. 항저우(杭州)에서 고등학교를 졸업하고 상하이(上海) 침례회대학(浸信會學院)에 입학하던 1915년, 집안의 뜻에 따라 상하이 거부 장룬즈(張潤之)의 딸이며 중국 정계와 철학계의 거물 장쥔리(張君勱)의 동생 장유이(張幼儀)와 결혼했다. 쉬즈모는 톈진베이양대학(天津北洋大學)과 베이징대학(北京大學) 법과 등에서 수학하며 사상가 량치차오(梁啓超)와 사제의 연을 맺기도 했다.

1918년 미국 유학을 떠난 쉬즈모는 클라크 대학(Clark University) 역사학과에서 1년간 수학하고 컬럼비아 대학(Columbia University) 경제학 석사과정에 입학했다. 그러나 중국에서 전개된 5·4운동에 영향을 받은 현지 유학생 조직에 참가하면서 문학에 심취하게 된 쉬즈모는 이후 문학으로 전공을 바꾸어 석사학위를 취득했다. 영국 철학자 버트런드 러셀(Bertrand Russell)에게 경도되어 1920년 영국으로 간 쉬즈모는 공교롭게도 중국 체류 중인 러셀을 만나지 못하고, 중국 정치·문화계의 실력자 린창민(林長民)의 딸 린후이인(林徽因)을 런던에서 만나게 된다. 쉬즈모는 아름다운 건축학도 린후이인과 사랑에 빠졌고 케임브리지 킹스 칼리지(King's College, Cambridge) 특별학생 자격으로 2년간 체류한다. 린후이인과의 사랑을 이유로 부인 장유이와는 이혼했지만 린후이인은 부친의 뜻에 따라 귀국했고, 쉬즈모 역시 학업을 포기하고 1922년 귀국했다.

귀국 이후 출판된 첫 시집 『즈모의 시(志摩的詩)』로 쉬즈모는 촉망받는 시인의 반열에 오른다. 그는 후스(胡適), 량치차오, 린후이인 등과 문학단체 신월사(新月社)를 결성하였고, 1928년 원이둬(聞一多), 량스추(梁實秋) 등과 함께 월

간지 『신월(新月)』을 발행하면서 문학적 영향력을 확대했다.

1924년에 시작된 친구의 아내 루샤오만(陸小曼)과의 사랑은 중국 지식계와 쉬즈모 자신을 뒤흔든 일대 사건이었다. 장유이와의 이혼, 루샤오만과의 재혼에 반대하는 부친과 불화하면서 쉬즈모는 경제적 어려움을 겪게 되고, 생활비를 벌기 위해 대학 강의와 글쓰기를 병행했지만 루샤오만의 사치와 아편 중독으로 불행한 나날을 보낸다. 1931년 후스의 제의로 베이징대학 영문과 교수직을 맡게 된 쉬즈모는 상하이와 베이징을 오가는 삶을 계속했다. 하지만 그해 11월 베이징에서 개최된 옛 연인 린후이인의 중국 건축예술에 관한 강연에 참가하기 위해 우편수송기를 타고 가던 중 비행기 추락 사고로 사망하고 만다.

시집 『즈모의 시(志摩的詩)』(1925) 『피렌쩨에서의 하룻밤(翡冷翠的一夜)』(1927) 『맹호집(猛虎集)』(1931) 『방랑(雲游)』(1932) 등이 있다.

눈꽃의 즐거움

내가 만약 눈꽃이라면
훨훨 하늘을 날아가리
　내 가야 할 방향 알고 있으니—
　날아가리, 날아가리, 날아가리—
이 땅에 나의 방향 있으니

춥고 어두운 계곡으론 가지 않으리,
쓸쓸한 산기슭엔 가지 않으리,
　아무도 없는 길에서 슬퍼하지 않으리—
　날아가리, 날아가리, 날아가리—
그대여, 내 가야 할 방향 있으니

어여삐 하늘에서 춤을 추리,
깊고 그윽한 그곳 알고 있으니,
　화원으로 그녀가 찾아오면—
　날아가리, 날아가리, 날아가리—
아, 그녀에게서 나는 맑은 매화꽃 향기!

그때에 나는 내 가벼운 몸으로,
사뿐, 그녀 옷깃에 내려앉으리,
　일렁이는 그녀 가슴에 다가가—
　사르르, 사르르, 사르르—

일렁이는 그녀 가슴으로 녹아버리리!

1924년 12월 30일

이 비겁한 세상

이 비겁한 세상은
  사랑을 허락하지 않네, 사랑을 허락하지 않네!
그대여 머리카락 풀어헤치고,
두 발을 벗은 채로,
  나를 따르라, 내 사랑아,
세상을 버리고
우리 사랑을 위해 목숨을 버리자!

내 그대 손을 잡으리니,
사랑이여, 나를 따르라.
  가시에 우리 발바닥이 찔리고,
  우박에 우리 머리가 깨어져도,
그대여 나를 따르라,
내 그대 손을 잡고,
  감옥에서 도망쳐, 우리의 자유를 다시 찾으리!
  나를 따르라,
  내 사랑아!
세상은 이미 우리 등 뒤에서 무너져내렸으니—
보라, 이곳은 새하얀 바다가 아니더냐?
새하얀 바다,
새하얀 바다,
  끝없는 자유, 나와 그대와 사랑!

내 손끝이 가리키는 곳을 보라,
저 하늘 끝 파란 별 하나—
　　저기 저 섬에는 파란 풀과
　　꽃, 아름다운 짐승과 새 들이 있으니,
어서 이 작은 배에 올라,
저 이상理想의 하늘로 가자—
　　사랑, 기쁨, 자유—영원히, 세상과 이별하리라!

1925년 2월

---

*쉬즈모는 사랑 때문에 사람과 갈등하고 세상과 갈등했다. 친구의 아내 루샤오만과의 사랑은 운명이었지만 모든 갈등의 원인이기도 했다. 투사처럼 사랑했던 시인의 내면에는 세상에 맞서기보다 스스로를 버림으로써 그 갈등을 끝내려는 비겁 또한 존재했다. 지독한 사랑에서 기인한 염세적 심리를 표출하고 있는 이 시는 동서고금의 모든 비극적 사랑에 대한 자기위안적 변명이자 파멸적 예언일 것이다.

샛별을 찾으려고

나는 절름발이 눈먼 말을 타고,
　어두운 밤을 채찍질하네,
　어두운 밤을 채찍질하네,
나는 절름발이 눈먼 말을 타고.

나는 아득한 밤의 어둠속으로 뛰어들었네,
　샛별을 찾으려고,
　샛별을 찾으려고,
나는 캄캄하고 망망한 들판으로 뛰어들었네.

기진맥진하였네, 내 다리 밑의 짐승 기진맥진하였네,
　그 샛별은 아직 나타나지 않았네,
　그 샛별은 아직 나타나지 않았네,
기진맥진하였네, 안장 위의 육신 기진맥진하였네.

이때 하늘에서 수정 같은 빛이 쏟아졌네,
　황야에 쓰러져 있는 짐승,
　어둠속에 누워 있는 시신.
이때 하늘에서 수정 같은 빛이 쏟아졌네.

1924년 12월 1일

*시인은 "절름발이 눈먼 말"을 타고 1920년대의 중국을 살고 있다. "절름발이 눈먼 말"은 시대의 암흑에 늪처럼 내려앉은 시인의 절망이다. 자유와 기쁨과 사랑을 향한 채찍질은 공허하고 처연하다. 자신이 추구하는 이상이 살아서는 결코 이룰 수 없는 것임을 누구보다 잘 알고 있기 때문이다.

상하이 항저우 간 기차에서

칙칙칙! 폭폭폭!
담배, 산, 구름 그림자,
물길, 다리, 노 젓는 소리,
솔숲, 대밭, 흩날리는 낙엽.

아름다운 들녘, 아름다운 가을 풍경,
꿈결 같은 분명함, 모호함, 사라짐—
칙칙칙! 기차 바퀴인가 세월인가!
가을을 재촉하고, 인생을 재촉하는 것은!

1923년 10월 30일

---

*1920년대에 기차는 가장 선진적인 물질문명의 꽃이었다. 그것은 인간에게 새로운 시간 개념과 속도에의 동경을 가져왔다. 기차 안이 근대의 공간이라면 차창 밖은 전근대의 공간이며 지나가는 풍경이다. 산, 구름 그림자, 물길, 노 젓는 소리, 솔숲, 대밭, 낙엽, 무엇 하나 익숙하지 않은 것이 없다. 그러나 기차 바퀴처럼 빨라진 시간이 재촉하는 만큼 전근대의 아름다움은 머지않아 사라질 것이다.

독약

오늘은 내가 노래 부를 날이 아니다, 내 입가에는 흉악한 미소 흐르니, 웃으며 이야기할 수 있는 날이 아니다, 내 가슴에는 번득이는 칼날 꽂혀 있으니.

나를 믿으라, 내 사상은 악하고 독하니 이 세상이 악하고 독하기 때문이라, 내 영혼은 캄캄하니 태양이 빛을 잃었기 때문이라, 내 목소리는 무덤 속 밤 같으니 인간들이 일체의 조화를 살해했기 때문이라, 내 발음은 원수를 꾸짖는 원귀冤鬼 같으니 모든 은혜가 이미 모든 원망에게 길을 내어주었기 때문이라.

그러나 나를 믿으라, 내 말이 독약 같을지라도 내 말속에 진리가 있으니, 내 말속에 쌍두사雙頭蛇의 혀와, 전갈의 꼬리와, 지네의 촉수가 있을지라도 진리는 영원히 두려워하지 않으리니. 내 마음속에는 독약보다 강렬하고, 저주보다 잔인하며, 화염보다 흉포하고, 죽음보다 심오하여 차마 거절하지 못하는 마음과 연민, 사랑하는 마음이 있어, 내가 하는 말은 독기와, 저주와, 작렬과, 허무를 띠는 것이니.

나를 믿으라, 우리의 모든 규범은 이미 산호모래로 다진 무덤에 묻혀버렸으니, 제물祭物의 강렬한 향기도 봉쇄된 지층을 뚫을 수 없고, 모든 규범은 죽어버렸네.

우리의 모든 믿음은 나무 끝에 너덜거리는 연 같아서, 매를 묶었다가 끊어진 줄을 손에 든 것 같으니, 모든 믿음은 너덜너덜해져버렸네.

나를 믿으라, 거대한 의심의 그림자가 먹구름처럼, 인간의 모든 관계를 뒤덮어버렸으니, 사람의 아들은 더이상 죽은 어머니로 인해 서럽게 울지 않으리, 형제들은 더이상 누이의 손을 잡지 않으리, 친구는 원수가 되고, 집을 지키던 개는 고개를 돌려 주인의 다리를 물 것이니, 그렇다, 의심이 모든 것을 삼키리라. 길가에 앉아 우는 사람도, 길 복판에 서 있는 사람도, 너희 집 창문 앞을 기웃대는 사람도, 모두 강간당한 처녀들. 연못에는 썩어문드러진 고운 연꽃뿐. 인도人道의 더러운 개울물을 떠다니는 부평초 같은, 훼손된 시체 다섯구, 그들의 어진 마음과 의리와 예의와 지혜와 믿음은, 시간의 끝없는 파도 속으로 흘러가버렸네.

이 바다는 불안의 바다, 사납게 날뛰며 출렁이는, 하얀 파도마다 인간의 욕망과 야성野性이 새겨져 있는.

도처의 간음, 탐욕이 정의를 껴안고, 질투가 동정을 억압하며, 비겁이 용감을 업신여기고, 육체적 욕망이 사랑을 조롱하고, 폭력이 인도를 욕보이며, 어둠이 빛을 짓밟는.

들어보라, 이 음란한 소리를, 들어보라, 이 잔혹한 소리를.

흉악한 인간들이 시내를 활보하고, 강도들이 너희 아내와 딸 들의 침대에 기어오르는데, 너희들 영혼 깊은 곳에 웅크린 죄악⋯⋯

1924년 9월

＊열강의 중국 침략과 세계대전, 그리고 급속한 의식 변화를 따라잡지 못하는 중국 사회의 정체(停滯)는 절망을 낳고 묵시를 낳는다. 시인의 눈에 비친 세상은 악하고 독하다. 조화를 상실하고 원망이 모든 것을 지배하는 나날 속에서 시인은 병들어가는 사상을 목도하고 20세기 중국의 묵시록을 쓴다. 왜곡된 자아, 무너진 규범은 돌이킬 수 없는 반인륜의 원인이다. 인간을 뒤덮은 거대한 의심의 그림자는 구원의 적은 가능성조차 덮어버리는 절망이다. 인간은 이제 독기와, 저주와, 작렬과, 허무의 외피를 쓴 진리를 믿지 않는다. 시인은 이제 자신의 절망을 이상이나 사랑으로 포장하지 않는다. 세상에 대한 믿음이 나무 끝에 매달린 연처럼 너덜거린다.

우연

나는 하늘의 구름 한점
우연히 그대 가슴에 그림자를 드리웠네—
　　그대 놀랄 것 없네,
　　좋아할 것도 없네—
한순간 그림자는 사라지고 말 테니.
그대와 나는 캄캄한 밤바다 위에서 만났으니,
그대에겐 그대의, 내게는 나의, 갈 길 있어
　　그대 기억해도 좋으리,
　　잊는 것이 더 나으리,
우리가 만난 날 서로에게 보여준 빛일랑은!

1926년 5월

*「우연」이 노래하는 사랑처럼 자유로운 사랑이 가능할까. 사랑이 밤바다를 지나
는 구름 그림자처럼 우연한 것이라면 그 사랑은 잊어도 좋은 것일까. 모든 사랑
을 운명이라 믿었던 시인, 그래서 결코 자유로울 수 없었던 시인의 진심은 "우
연" 같은 사랑이었나.
일찍이 널리 사랑 받았던 쉬즈모의 대표작이다.

굿바이 케임브리지

조용히 떠나가리,
  조용히 왔던 것처럼,
살짝 손 흔들어,
  서편 하늘 구름과 이별하리.

저기 호숫가 금빛 버들은,
  석양 속의 신부,
흔들리는 빛 속 아름다운 잔상이,
  마음에 출렁이니.

고운 흙에서 자란 노랑어리연꽃,
  함초롬히 물 밑에서 시선을 끄는,
케임브리지 강물이 일렁일 때마다
  차라리 물풀이 되고 싶었네!

저 느릅나무 그늘 밑 연못은,
  맑은 샘이 아닌 하늘의 무지개라네.
물풀 사이로 부서져내린,
  무지개 같은 꿈이 가라앉아 있다네.

꿈을 좇음이었나? 기다란 삿대를 저어,
  푸릇푸릇 무성한 풀숲을 더듬어가서,

배 한가득 별빛을 담고,
　　반짝이는 별빛 속에 노래 불렀네.

이제는 노래할 수 없으리,
　　나지막한 이별의 피리 소리,
여름날 풀벌레도 날 위해 침묵하는,
　　오늘밤 침묵에 잠긴 케임브리지!

고요히 떠나가리,
　　고요히 왔던 것처럼,
옷소매를 털어내고,
　　구름 한점 데려가지 않으리.

1928년 11월 6일

---

*19세기 이래 국가적 위기 극복과 서구에의 동경이 낳은 유학생들은 중국의 변화를 견인한 동력이었다. 쉬즈모 역시 미국과 영국에서 유학하며 서구 문물을 적극적으로 수용한 인물이었다. 케임브리지는 쉬즈모가 당대 석학 버트런드 러셀에게 사사하기 위해 찾아간 지성의 공간이자 평생의 연인 린후이인을 만난 사랑의 공간이었다. 그는 죽는 날까지 린후이인을 사랑했고 케임브리지에서의 시간을 잊지 못했다. 특유의 정련된 형식미와 중국어의 음악적 요소가 고려된 이 시는 결코 배제할 수 없는 쉬즈모의 대표작이다. 치열한 현실에서 비켜난 이방(異邦)의 시간이 케임브리지라는 공간으로 응축된 이 시에서, 시인의 가장 큰 바람은 스스로 케임브리지에 녹아드는 것이었다. 시인의 꿈이 별이 되어 반짝이는 곳, 케임브리지는 "조용히" 왔다가 떠나고 언제라도 다시 와야 할 곳이었다.

원이둬(聞一多, 1899~1946)

1899년 후베이성(胡北省) 시수이현(浠水縣)에서 태어났다. 본명은 원자화(聞家驊)이며, 1930~40년대 중국을 대표하는 애국 시인이다.

원이둬는 1912년 베이징의 칭화학교(淸華學校, 현 칭화대학의 전신)에 입학하면서 서양 문화를 처음 접했고, 1919년 5·4운동 시기에는 칭화학교 학생대표로 활동하며 학생운동에 적극 참여했다.

대학 시절 현대시의 격률미(格率美)에 대해 고민하던 원이둬는 1922년 미국으로 유학을 떠나 시카고 예술대학(School of the Art Institute of Chicago)과 콜로라도 대학(University of Colorado)에서 미술을 전공하며 이듬해 첫 시집 『붉은 초(紅燭)』를 출판했다. 1925년에 귀국하여 1930년대 중반까지 우한대학(武漢大學), 칭다오대학(靑島大學), 칭화대학(淸華大學) 등에서 교수를 역임했으며, 1928년 두번째 시집 『고인 물(死水)』을 발표한 이후로는 고전문학 연구에 전념하면서 『주역(周易)』『시경(詩經)』『장자(莊子)』『초사(楚辭)』 등을 정리하여 고전문학 연구 분야에서도 큰 업적을 남겼다.

1937년 중일전쟁(中日戰爭)이 발발하자 원이둬는 쿤밍(昆明)의 시난연합대학(西南聯合大學)으로 자리를 옮겼다. 시난연합대학은 중일전쟁 발발 후 칭화대학, 베이징대학, 난카이대학(南開大學) 등이 쿤밍에 설립한 전시(戰時) 연합대학이다. 중국이 전쟁에서 승리할 때까지 면도를 하지 않겠다고 맹세하고 8년 동안 수염을 기를 만큼 조국애가 강했던 원이둬는 1943년 후반부터 반(反)국민당 투쟁에 가담하여 민주동맹회(民主同盟會) 윈난성(雲南省) 책임자로 활약하는 한편 쿤밍의 『민주주간(民主周刊)』 사장직을 맡기도 했다. 1946년 7월 15일 윈난대학에서 열린 민주동맹회 지도자 리궁푸(李公朴)의 추도회에서 강연을 마친 후 집으로 돌아가던 중 국민당 측 암살자에 의해 피격, 사망했다.

학자로서의 열정뿐 아니라 긴 전쟁으로 피폐해져가는 중국의 민족적 울분을 대변했던 그는 시인이자 교육자로서, 또한 정치가로서 오래도록 '애국주의 시인' '민주전사'로 칭송받았다. 노벨문학상 심사위원인 고란 말름크비스트

(Goran Malmqvist)는 그를 중국 5·4 신문학운동이 배출한 작가 중 가장 비장미 넘치는 시인이라 평가한 바 있다.

붉은 초

초는 재가 되고서야 눈물을 멈추네

——이상은(李商隱)

붉은 초여!
이리도 붉은 초여!
시인이여!
그대 심장을 토해내면,
이리 붉을까?

붉은 초여!
그 누가 초를 만들어, 네게 육신을 주었나?
그 누가 불을 붙여, 네게 영혼을 불어넣었나?
어찌 초를 태워 재가 되고서야
빛을 발하는가?
잘못을 되풀이하는,
모순! 충돌!

붉은 초여!
아니다, 아니야!
본시 '타올라'야 너의 빛을 발하는 것
이것이 바로 자연의 법칙이다.

붉은 초여!
기왕 초가 되었으니, 타올라라!
타거라! 타버려라!
사람들의 꿈을 태워버려라,
사람들의 피를 태워 들끓게 하라—
또 그들의 영혼을 구하고,
그들의 감옥을 부숴버려라!

붉은 초여!
네 심장이 타오르는 순간이,
바로 눈물이 시작되는 날.

붉은 초여!
장인이 너를 만든 것은
본시 태우기 위함이니.
기왕 타올랐느니
어찌하여 상심의 눈물을 흘리는 것인가?
오! 이제 알겠다!
호된 바람 네 불빛을 위협하여
흔들릴 때에,
초조히 눈물 흘리는 것이지!

붉은 초여!
울어라! 어찌 울지 않으랴?
네 고혈을 태워
세상을 향해 흘러라,
위안의 꽃을 피우고,
기쁨의 열매를 맺어라!

붉은 초여!
방울방울 눈물 흘리고, 점점이 재가 되고.
눈물과 재가 너의 결과라면,
광명의 창조는 너의 원인인 것을.

붉은 초여!
'수확은 묻지 말고, 밭을 갈아라.'

1923년

---

*청조(淸朝)의 멸망과 중화민국(中華民國)의 수립에도 불구하고 요원하기만 한 사회 안정에 절망하던 원이둬는 시대가 요구하는 지식인의 모습을 '초'에서 찾는다. 묵묵히 자신을 살라 주변을 밝히는 '초'의 이미지는 당말(唐末) 시인 이상은(李商隱)이 감탄했듯이 "재가 되고서야 눈물을 멈추"는 존재, 시대의 아픔을 끝까지 외면하지 않는 존재였다. 원이둬는 지식인의 사명을 초의 본성과 결부시키고 수동적 자기희생을 넘어선 적극적 파괴와 창조의 가능성을 열어간다. 생각

은 많으나 행함이 부족한 지식인을 향해 "수확은 묻지 말고, 밭을 갈아라"고언
(苦言)한다.

참회

아! 낭만적인 삶이여!
수면 위에 쓰는 '사랑'이라는 글자
쓰자마자 사라져버려
쓰라린 물결만 하릴없이 퍼져간다.

1923년

*낡고 무기력한 중국을 벗고 근대국가로 탈바꿈해야 한다는 절박감 속에는 가족 관계에 대한 깊은 회의가 전제되어 있었다. 5·4 신문화운동에서 의미있는 슬로 건으로 자유연애가 대두되었던 것도 사회발전을 제약하는 전통적 가족주의와 결혼제도에 대한 반발이었다. 그러나 근대적 국가 건설을 고뇌하던 많은 지식인들이 여전히 전통적 방식에 따라 부부가 되고 가족을 이루는 현실 속에서 낭만적 사랑은 생경한 개념이었다. 사랑은 물 위에 써보는 글자처럼 이를 수 없는 신기루였다.

어쩌면—만가

어쩌면 정말로 울다 지쳐서
어쩌면, 어쩌면 넌 잠을 좀 자려는 것인지도
그렇다면 쏙독새 기침도 못하게
개구리 울지 못하게, 박쥐도 날지 못하게 하리.

햇빛이 네 눈을 찌르지 않도록
바람이 네 눈썹을 스치지 않도록
아무도 널 깨우지 않도록
소나무 그늘을 펼쳐 잠든 너를 가려줄게,

어쩌면 너는 흙 속에서 꿈틀대는 지렁이 소리를 듣고 있는지도
이 작은 풀뿌리가 물을 먹는 소리 듣고 있는지도
어쩌면 사람들 저주의 목소리보다 훨씬 감미로운
음악 같은 이 소리를 듣고 있는지도.

그럼 이제 눈을 꼭 감으렴
내가 재워줄 테니, 내가 널 재워줄 테니
부드러운 흙으로 널 덮어줄게
훨훨 지전紙錢을 날려줄게.

1925년 3월

*자식의 죽음보다 무거운 죽음이 또 있을까. 이 시는 장녀를 잃은 아버지의 애끊는 심정을 그린 원이뒤의 대표작 중 하나다. 처음 발표될 때에는 '가엾이 요절한 어린 딸에게 바침'이라는 부제가 명기되어 있었다. 미국 유학 중이었던 시인은 사망 당시 네살이었던 딸과 거의 함께할 수 없었고, 딸의 죽음은 그래서 더욱 허망했다. 시신을 땅에 묻고 또 가슴에 묻고도 여전히 잠든 것이기를 바라는 나약한 아버지의 모습이 강직한 투사로 각인된 원이뒤의 이미지와 대비되어 애절함을 더한다.

원이뒤 선생의 책상

갑자기 온갖 사물들이 말을 하기 시작했다,
　　갑자기 책상 위에서 원성이 들끓었다.
먹물 통이 신음했다, "목말라 죽겠네!"
　　자전字典은 빗물에 등이 젖었다고 고함을 질렀다.

편지지는 접힌 허리가 아프다고 아우성이다,
　　만년필은 담뱃재에 주둥이가 막혔다 한다,
붓은 성냥불에 수염을 그을렸다 하고,
　　연필은 칫솔에 다리가 깔렸다고 투덜댄다.

향로가 구시렁거린다, "이 야만적인 책들
　　조만간 반드시 쓸어버릴 테다!"
손목시계는 뼈에 녹이 슬어 멈춰버릴 지경이라 탄식하고,
　　"바람 분다! 바람!" 원고지들이 일제히 소리 지른다.

붓 씻는 그릇은 자신이 분명 물을 담는 그릇일진대
　　독한 씨가cigar 재를 받아내는 것이 어찌 이리도 익숙하냐 하고,
책상은 일년에 두번 목욕하기도 쉽지 않다 하니,
　　잉크병이 그런다, "이틀에 한번꼴로 내가 씻겨줬잖아."

"주인은 무슨, 누가 우리 주인이야?"
　　온갖 사물들이 이구동성으로 욕을 해댄다,

"삶이라는 것이 만약 이리도 참담하다면
　　차라리 삶이 없는 편이 낫지 않겠소?"

파이프를 입에 문 주인은 그저 슬쩍 웃기만 한다,
　　"일체의 중생에게는 자신의 위치가 있는 법.
내 언제 고의로 너희들을 괴롭힌 적 있더냐,
　　질서는 내 능력 밖인 것을."

1925년 9월

---

*"원이둬 선생의 책상"처럼 어지러운 책상을 마주하고 있지 않은지 주변을 둘러
보게 하는 이 시는, 평소 모든 사람이 제자리를 지키고 질서를 준수할 때 비로
소 현실적인 강국을 건설할 수 있다고 믿은 시인의 철학이 잘 드러나는 작품이
다. 실제로 원이둬의 책상은 늘 정리정돈이 되어 있지 않았다고 한다. 그의 어지
러운 책상은 군벌 통치하의 혼란스러운 현실과 절묘하게 닿아 있는데, 파이프를
입에 물고 눈앞의 어지러운 책상과 현실을 바라보는 시인의 심정은 유머러스한
시의 분위기와 달리 복잡하고 괴로웠을 것이다. 『고인 물』 출간 이후 시 쓰기를
거의 중단하고 학문과 민주투쟁에 투신했던 원이둬의 행보는 이 시의 마지막 연
을 통해 이미 강력히 시사되었는지도 모른다.

고인 물

이곳은 절망이 고인 물웅덩이
맑은 바람 불어와도 일렁임조차 없어라.
쓸모없는 쇠붙이를 내다버리거나,
차라리 먹다 남은 음식 찌꺼기를 버리는 게 나을지도.

어쩌면 구리도 비취처럼 파래지고
양철 캔에는 복사꽃처럼 붉은 수가 놓일지도,
그 위에 비단처럼 기름때가 덮이면
노을 같은 곰팡이가 피어나겠지.

고인 물이 발효되어 푸른 술 웅덩이가 되면
진주처럼 하얀 거품 둥둥 떠다니겠지,
깔깔대는 작은 거품들이 모여 커다란 거품이 되고
술을 훔쳐 먹으러 온 모기에 물려 터져버리겠지.

이렇게 절망이 고인 물웅덩이라도
분명 조금쯤은 내세울 것이 있지 않을까,
고요를 견디지 못한 개구리라도 울어준다면
물웅덩이가 부르는 노래인 셈 할 수 있겠지.

이곳은 절망이 고인 물웅덩이,
분명 아름다움 존재하는 곳은 아닐 것이니,

차라리 더럽고 추한 것들에게 개간을 맡겨
그것들이 만들어낼 세상을 두고 보는 것이 나을지도.

1926년 4월

*국가의 기능이 마비된 군벌체제 속에서 시인은 결코 감상에 빠지지 않는다. 현
실을 직시하며 생존 방법을 찾는다. 현실은 "고인 물웅덩이"처럼 썩어 있다. 그
런 현실에도 나름의 "아름다움"은 있다고 주장하지 않는다. 비취, 복사꽃, 붉은
수, 비단 같은 '아름다움'은 오히려 고인 물웅덩이의 '추(醜)함'과 대비될 뿐이
다. 어떤 아름다움도 존재하지 않는 곳, 그 때문에 아름다움에 대해 거론할 이유
도 없는 곳에서 시인은 어설픈 희망을 말하지 않는다. "추한 것들"이 철저히 본
색을 드러내게 하고 온 세상이 '추'를 자각하게 함으로써 스스로 '아름다움'을
찾아가게 하는 것, 원이둬는 절망을 비웃으며 최악의 상황에 대비한 시인이었다.

기도

중국인이 누구인지 알려주소서,
어떻게 기억을 붙들어야 하는지, 계시하소서
이 민족의 위대함을 일깨워주소서
요란하지 않게, 조용히 일러주소서!

중국인이 누구인지 알려주소서,
누구 마음속에 요순[1]의 마음이 들어 있는지
누구 핏속에 형가[2]와 섭정[3]의 피가 흐르는지
누가 신농[4]과 황제[5]의 후예인지 알려주소서

하마[6]가 제물로 바쳤다는
그 영험한 지혜를 알려주소서
구포 봉황[7]이 전수했다는
이 노랫가락을 가르쳐주소서

고비사막의 침묵과 오악[8]의 장엄함을
내게 알려준 이 누구입니까? 그리고
태산泰山의 석주[9] 아직도 눈물 흘리며 인내하고 있는지,
장강長江과 황하黃河는 흐르고 흘러 하나가 되었는지 알려주소서

다시 한번 알려주소서. 그 맑은 눈물은
죽어버린 기린[10]을 애도하던 공자孔子의 슬픔입니까?

그 광기 어린 웃음도 내게 알려주소서—
장주[11], 순우곤[12], 동방삭[13]의 웃음을 말입니다.

중국인이 누구인지 알려주소서
어떻게 기억을 붙들어야 하는지, 계시하소서
이 민족의 위대함을 일깨워주소서
요란하지 않게, 조용히 일러주소서!

1928년

---

1 堯舜. 중국 고대신화의 요(堯) 임금과 순(舜) 임금. 도덕정치의 이상시대를 이루
었다고 전해지는 이들은 고금을 통해 성군(聖君)의 대명사로 일컬어진다.
2 荊軻. 전국시대의 자객. 연(燕)나라의 태자 단(丹)을 대신하여 진시황(秦始皇)을
살해하려다 실패하고 처형당했다.
3 攝政. 전국시대의 자객. 한(韓)나라 제후 엄중자(嚴仲子)와의 의리를 지키기 위해
그의 원수인 협루(俠累)를 대신 죽이고 자결했다.
4 神農. 중국 신화시대의 황제로 농업과 의약의 신이다.
5 黃帝. 중국을 처음 통일하고 국가를 세운 최초의 군주이자 문명의 창시자로 숭배
되는 제왕이다.
6 河馬. 황하(黃河)의 용마(龍馬)를 가리킨다. 중국 고대전설에 의하면 복희씨 때
황하에서 나온 용마의 등에 55개의 점이 그려져 있었는데 이를 하도(河圖)라고
하며, 하도의 출현은 태평치세에 나타나는 상서로움을 상징한다.
7 九苞鳳凰. 봉황은 용, 기린과 함께 태평성대를 상징하는 동물이다. 순(舜) 임금의
공덕을 찬양하는 음악이 연주될 때 봉황이 날아와 그 선율에 맞추어 춤을 추었
다고 한다. 순 임금의 음악은 공자가 "아름다움과 선함이 지극하다"라고 평한 것
처럼 유가에서 가장 이상적인 음악의 전범으로 평가된다.

8 五嶽. 중국의 5대 명산. 동악 태산(泰山), 서악 화산(華山), 남악 형산(衡山), 북악 항산(恒山), 중악 숭산(嵩山)을 말한다.

9 石柱. 태산에서 봉선의식(封禪儀式)을 행한 72명의 황제 중 진시황(秦始皇), 한무제(漢武帝) 등 중국을 통일한 황제 12명을 기념하여 세운 높이 10미터의 원주형 조형물이다.

10 麒麟. 기린은 고대 중국에서 태평성대의 도래, 성군의 등장을 알리는 신수(神獸)로 인식되었다. 노(魯)나라 애공(哀公) 14년에 기린이 서쪽에서 잡히자 공자는 난세에 잘못 나와 어리석은 인간들에게 잡힌 기린을 보며 도(道)가 끝나버렸음을 한탄했다.

11 莊周. 장자(莊子)의 본이름. 장자 사상은 대부분 우언(寓言)으로 풀이되었다.

12 淳于髡. 전국시대 제(齊)나라의 학자. 신분은 천했지만 탁월한 기지와 익살, 달변으로 나라의 위기를 구하고 제후를 섬겼던 재담가이다.

13 東方朔. 한(漢)나라 무제(武帝) 때의 대신으로, 박식하고 현란한 언변, 해학과 풍자가 뛰어났다.

*개인의 자유와 사랑을 노래하던 시대에 원이되는 '우리'에 대해 생각한다. 열강이 중국을 분할점령하고 군벌이 민생을 파탄에 이르게 한 암담한 현실 속에서 찬란하던 문화제국의 뿌리를 찾는다. 그의 이런 태도는 자기도취적인 비장미(悲壯美)를 느끼게도 하지만 도대체 '우리'가 누구인지 궁구하지 않고 새로운 우리를 꿈꿀 수는 없을 것이다. 우리가 누구의 후예인지, 어떤 방법으로 현실을 타개해야 하는지를 역사에서 찾는 시인은 조국의 역사와 문화에 대한 자부심이 남다른 사람이었다. 그는 치욕스러운 현실을 타개하고 민족의 정체성을 지키기 위해서는 찬란하던 과거의 기억을 되살리고 붙들어야 한다고 생각했다. 중국적 전통에 대한 전면적인 부정(否定)이 만연하던 시대에 근본을 망각한 변화나 발전을 경계하려 한 시인의 간절한 "기도"가 의미심장한 울림으로 다가온다.

리진파(李金髮, 1900~76)

1900년 광둥성(廣東省) 메이현(梅縣)에서 태어났다. 본명은 리수량(李淑良)이다.

1919년 프랑스로 유학, 1921년부터 디종 국립미술학교(École Nationale Supérieure d'art de Dijon)와 빠리 국립미술학교(École Nationale Supérieure des Beaux-arts)에서 조소를 공부했다. 미술을 전공하던 리진파가 시를 쓰게 된 것은 보들레르(C. P. Baudelaire)와 베를렌(P. Verlaine) 등 프랑스 상징주의 시인들의 작품을 접하고 나서부터다. 이들의 시풍에 매료되었던 리진파는 1922년 여름 심한 열병에 걸려 며칠 동안 혼수상태에 빠졌다. 그는 당시 꿈에서 금발의 여신을 보았다고 하는데, 이후 자신의 필명을 '금발(金髮, 진파)'로 정하고 시를 쓰기 시작하여 1923년까지 첫 시집『가랑비(微雨)』의 시들을 단숨에 완성했다. 왕성한 창작 열정으로 같은 해에 두번째 시집『식객과 흉년(食客與凶年)』을, 이어 1924년에『행복을 위한 노래(爲幸福而歌)』를 완성했다. 1924년 독일인 게르타 쇼이에르만(Gerta Scheuermann)과 결혼한 리진파는 이듬해 귀국했다.

귀국 이후 출판된 리진파의 시집들은 당시 중국 시와 확연히 다른 풍부한 상상력과 분위기로 젊은이들을 사로잡았다. 난해한 내용과 독창적인 시어의 사용으로 인해 '괴짜 시인(詩怪)'이라는 별명을 얻기도 했지만, 프랑스 상징주의 시의 미학 원칙과 표현 방법을 중국에 소개함으로써 중국 시의 모더니즘을 가장 먼저 실천한 시인으로 평가받았다. 귀국 후 상하이미술전문학교(上海美專) 조소과 교수, 우한중산대학(武漢中山大學) 문학과 교수 등을 지내다가 1928년 항저우예술전문학교(杭州藝專)를 설립했고, 당시 거물급 인사들의 동상을 주조하면서 조소가로서도 명성을 얻었다. 1938년에는 광저우시립미술학교(廣州市立美術學敎) 교장을 지내기도 했다. 1941년부터 외교부 유럽국 소속 외교관 근무를 시작, 1945년부터는 이란과 이라크 등지에서 약 4년간 외교관직을 수행하다가, 1949년 타이완으로 임지를 옮기라는 국민당 외교부의 지시를 거부

하고 사퇴했다. 1951년 미국으로 이민해 양계사업을 하다가 1976년 뉴욕에서
사망했다.

밤의 노래

우리는 마른 풀밭 위를 걸었네,
설움과 분노가 무릎에서 뒤엉켰네.

길에서 썩어가는 짐승처럼
핑크빛 기억은 악취를 풍기며

소도시로 퍼져가
수많은 단잠을 깨워버렸네.

이미 부서진 내 마음의 바퀴
영원히 오물 밑을 뒹굴 것이니.

바큇자국은 분간할 수 없을 터이나,
따뜻한 사랑의 그림자만은 오래도록 남겠지.

아아! 수천년 동안 변함없는 달빛이
끝내 내 상상想像을 훤히 알아버렸으니

내가 세상 어디에 있더라도
저 달은 의미없는 흙 위에 내 그림자를 비춰주겠네.

하나 이 불변의 반조反照는 집 뒤편의 어둠을 부각시킬 뿐이니,

이 또한 너무 기계적이고 우스워.

신이시여! 당신의 닻을 올리소서,
나는 모든 살아 있는 것들의 땀 냄새를 혐오하오니

심금의 선율을 흔드는,
다급한 발소리.

신비의 세월 동안
나는 정원의 향초만을 먹을 것이나,

그들은 자신의 마음을 잃어버린 채
행상들 뒤로 섞여들어 멀리멀리 떠날 것이니.

모든 사람들의 기대는 무너지고,
숨 막힐 듯 고요한 적의敵意만 남겠네.

'굳은 맹세'도
'잊힐 말'일 뿐이니

당신은 언제나
음산한 동굴에 영혼을 숨겨두거나

넋이 빠진 사내처럼
구덩이에서 나란히 늙어 죽거나.

하지만 우리 몸뚱이
이미 유황투성이 되었으니.

말라버린 연못에서
쉴 만한 은신처를 찾을 수 있을까?

1922년 디종에서

*리진파의 사고와 언어는 현대시의 개념조차 불분명하던 1920년대 중국 시단에 떨어진 운석 같은 것이었다. 분명 중국인이 중국어로 쓴 시였지만, 중국인에게 생소하기 짝이 없는 창조주와 피조물의 운명적 관계, 직선적 시간 개념, 추악한 인간 본성에의 자각, 실존적 인간에 관한 사고 등을 어색한 구법으로 표출함으로써 극단적인 호오(好惡)를 낳았기 때문이다. 리진파의 시집 『가랑비』『식객과 흉년』에 수록된 작품들은 프랑스 유학 시기의 불안 심리와 문화적 괴리, 민족적 열등감, 이방에서의 시 쓰기가 초래한 언어적 한계 등이 복합적으로 착종된 결과물이다. 서구 사조의 유입과 중국인 유학생이 폭증하는 상황에서도 기독교적 세계관을 기초로 인간의 비극적 실존을 고뇌하는 시는 없었다. 리진파의 시는 전통의 그림자가 짙게 드리워진 중국 사회에 인간에 대한 새로운 사고의 단서를 제공했고 중국 현대시의 가능성을 확장시켰다.

이 시에서 시인은 사랑의 파탄으로 인한 자기혐오, 인간의 유한성과 우주의 영원성에 대한 자각, 비극적 운명의 예감 등을 표출하면서 인간의 욕망이 헛된 집착을 낳고, 죽을 수밖에 없는 운명으로 인해 인간은 근본적으로 슬픈 존재라는 사실을 끊임없이 상기하고 있다.

X에게

1

프랑스인이여! 마침내 우리는 서로를 조금 알게 되었으니
아아, 너의 감미로운 목소리는
뱃전에서 노래하는
세이렌 같아라.
나는, 긴 머리카락 날리는 시인
만주滿洲에서 말을 타고 온 손님.
길 잃은 내 영혼의 외침과
사슴을 쫓던 기억, 숲 속에 쌓여 있다네.

2

약도 없는, 이 모든 것은 운명
자연을 지배하는 운명의 흔적일 것이나
다만, 내가 얼마나 굴종하고 오만했으며
또 철저히 공감했었는지는
너도 인정해야 하리,
너는! 내 슬픔의 누이였으니,
생명의 커튼의
일부였다는 것만은 믿어다오.

3

"친애하는 시인이여
당신의 삶이 나보다 영광되기를,
안녕히!"
결국 내 잔인한 펜은 이렇게 쓰고 말았네,
이제 내 마음속 차가운 피가 흘러 연못 되리니
찌는 여름날, 네가 와서 헤엄을 쳐도 좋을 것이나
더이상 내 이름 부르지 않기를,
그저 작은 다리 하나, 우리 영혼 사이 오고 갈 수 있기를.

---

*리진파는 프랑스적인가 중국적인가. 프랑스에서 그는 소외된 동양 남자였고, 귀국 이후 중국에서는 민족적 정체성을 잃어버린 퇴폐 시인이라 비난받았다. 자기 정체성에 대해 혼란을 느끼는 동안 그는 어디에서도 주류가 될 수 없었다. 서구 문명과 프랑스인을 향한 동경은 굴종, 오만, 공감, 슬픔을 겪게 했을 뿐 인간으로서의 행복이나 사랑, 시인으로서의 영광은 이루지 못할 꿈임을 자각케 했다. 그래서 시인의 영혼은 언제나 "만주" 어디쯤의 숲 속을 떠돌았고 생명의 일부라고 느꼈던 프랑스는 "슬픔의 누이" 같은 운명으로 여겨졌다.

추(醜)

잔인하고 어리석은 생물이
자기 보물을 꽁꽁 싸매어
그 모습 아름답다 해도
하느님이 손수 지으신 것 아니네.

미개인은 피부색으로 사랑하는 바를 따지네,
석양에 빛나는
긴 머리카락 바람에 날리니,
오직 지혜로운 자만이 사랑하고 가질 수 있네.

인간은 만물의 배신자,
어두운 방에 앉아 이해利害를 따지고
고개를 갸웃대며 건방을 떠네.

내 모든 새장을 허물고,
비밀의 자루에 손을 넣어
야자나무 그늘에 앉아 사람들에게 수치를 주었으면.

---

*생명을 얻음과 동시에 죽음을 향해 나아가는 인간의 운명은 비극적이다. 이 본
질적인 비극에 주목하지 않는 모든 행위는 추악하다. 그것이 자기포장이건 타인
에 대한 차별이건. 특히 선택 불가능한 피부색으로 인간을 차별하는 '미개한'

행위는 만물의 질서를 배신하고 자기 이해에 몰두하는 서구 '문명인'들의 추태
에 불과하다. 시인은 차별에 맞서 서구인들이 만든 새장 속 자유를 파괴하고, 무
엇이 나올지 알 수 없는 비밀의 자루로부터 "수치"를 꺼내 그들에게 되갚아주려
한다.

통곡

하느님의 신령하심에 의지했던 나는, 인간의 나약함에
통곡하고 말았네. 귓전을 울리는 수없는 천둥소리에
마음은 얼마나 호되게 놀랐던지,
눈을 감는다, 한낮의 모든 빛이
차단된다. 이제 세상은 재가 되어 사라지는 것인가?

모든 생물의 손과 발은
예외 없이 약탈과 정복을 위해 생긴 것.
아아, 하느님, 인정사정없었습니다!
모든 동정과 연민은
기회를 엿보며 간사한 웃음만 흘리다가
남은 것을 몽땅 챙겨 멀리 떠나버렸습니다! 멀리 떠나버렸습니
다!
죽음과 멸망은 잠시 피했으니
　소리 지르며, 온갖 본능을 드러낼 수도 있었습니다.

아아, 하느님, 이 땅을 채우는 일은
영영 끝나지 않는 것입니까?
이리떼와 들새가 황량한 이곳에서 영원히 사는 것입니까?
아니면 인간의 뼈로 집을 지어
세기世紀의 퇴폐에 보복을 하시렵니까,
저는 장차 어두운 밤 갈까마귀가 되어

모든 오장육부를 손에 넣겠습니다―

정 많은 오장육부는
혹 낡은 제 외투를 찢어
인류를 위해 수의壽衣를 삼으려 할 수도 있겠지요,
아아, 하느님, 이 무의미한 생물을 지켜주소서.
여신女神의 자장가가 끝나면
내 신발은 망가지고
나는 길 위에서 죽어갈 것입니다,
내 손발은 오그라들어
먼 곳을 향해 손짓할 수도, 외칠 수도 없을 것입니다.

*제국주의와 세계대전의 시대에 리진파는 인간의 탐욕적 본성에 통곡한다. 자기
파괴적이며 자기약탈적인 인간에 절망한 시인은 신을 향해 이같은 인간 창조를
되풀이하는 이유를 묻는다. 인간에 대한 복수가 신의 뜻이라면 자신도 기꺼이
참여하겠다 다짐한다. 그러나 복수가 끝나기도 전에 오히려 자신이 죽임을 당하
리라 예감하는 시인은 인간의 본성을 바닥까지 통찰하고 있다.

행복 하라(Sois heureux)!

행복 하라!
핏빛 석양이 머리카락에 흩어지고
바닷바람 그대 단잠을 깨워도,
창문에 서린 온기 찬눈에 얼어붙고
"달밤에 까마귀 울어도"
우리들의 생명은 떠도는 것이니.

행복 하라!
청산에 어두운 밤이 관槨처럼 내려앉고
벼꽃 향기에
나그네 손과 발이 나른해진다 해도,
새벽 비를 몰고 온 바람이 별을 향해 웃는다 해도
우리들의 생명은 쓸쓸한 것이니.

행복 하라!
기쁨이 반란이 되고
청춘이 황당하게 변한다 해도,
지난날 그 고왔던 자태
아직도 꿈길을 어지럽힌다 해도
우리들의 생명은 느닷없는 것이니.

....
*행복을 꿈꾸는 자는 결코 행복할 수 없다. 떠도는 생명, 쓸쓸한 생명, 느닷없는 모든 생명을 향해 "행복 하라!"라고 리진파는 당부하지만, 이 시를 쓸 때 그는 행복하다 할 수 없는 상황이었다. 프랑스 유학 직전 결혼한 아내가 고향에서 자살했다는 소식을 들어야 했고, 프랑스 생활에 지쳐 독일로 이주한 시기였다. 패전 이후 독일 물가가 프랑스보다 낮다는 현실적 이유 때문이었다. 이 시기에 리진파는 조각과 회화에 몰두하면서 두번째 시집 『식객과 흉년』에 실릴 대부분의 시를 완성했다. 그는 극심한 경제난에 시달리던 독일을 '흉년'으로, 마르크화 폭락의 덕을 보고 있는 자신을 '식객'으로 느꼈던 것인데, 이처럼 스산한 상황에서 노래하는 행복은 처음부터 닿을 수 없는 아득한 목적지였다.

시간의 표현

1

바다에는 비바람 불고
내 마음에서 사슴은 죽었네.
가을의 꿈이 훨훨 날아간 뒤에
하릴없이 남은 나약한 영혼을 보라.

2

나는 포기해버릴 욕망을 좇았던 것,
나는 변해버릴 붉은 입술에 마음 상했던 것.
아, 어둠의 숲에서
우리의 고요를 수습하는 달빛.

3

사랑의 고성古城에서
우리 결혼식은 엉망이 되어버렸네,
버려진 몽당초들 주워드니,
황혼이 내려앉은 들녘.

4

지금 내게 필요한 것은 무엇인가?
햇빛에 말라 죽을 것만 같은데!
가자, 빗장 풀린 정원으로
날개 신을 신은 별들 날아오고 있으니.

5

나는 꿈이 깨기를 기다리네,
나는 편히 잠들기를 기다리네,
너의 눈물 내 눈동자 속에서
힘없이 지난날을 관찰하네.

6

너는 눈(雪)을 곁에 두고 봄을 생각하고,
나는 바싹 마른 풀숲에서 매미 소리를 듣고.
짐승들이 짓밟아버린 무논처럼
우리 생명은 너무 시들어버렸고.

7

멜로디가 단조로운 민요를 부른다 해도
내 마음은 리듬을 맞출 수 있으니
네 슬픔 내게 맡기면
치유의 방법을 얻으리.

8

음지에서 피는 수련은
눈부신 해와 달을 알지 못하니
연못으로 노 저어 가서
인간의 사랑을 알게 하리라.

9

황량한 들판에서
우리의 추억이 돌아갈 길을 찾고 있다.

*추억이 되어버린 사랑은 지나간 시간의 흔적으로 표현될 수밖에 없는가. "결혼
식"을 올리고도 이루지 못한 사랑에 "나"는 말라 죽을 것 같다. 이것이 지나간
시간이기를, 꿈이기를 바라는 내 곁에서 "너"는 마치 타인처럼 봄을 꿈꾼다. 그
리고 지금 "우리 생명"은 시들어간다. 서로 어긋나는 리듬, 서로에게 맡길 수 없
는 슬픔은 인간의 사랑을 눈부신 해와 달이 될 수 없게 하는 음지의 수련 같은 것
이다.

느낌

우리 발 위에
선혈처럼 뿌려진
낙엽 같은,

죽음의 신이 입가에 띤
미소 같은
생명.

빈사瀕死의 달 아래서
마시고 노래하던
갈라진 목소리
삭풍에 흩어졌으니.
오!
네가 사랑했던 이의 죽음을 위로하라.

문을 여는 너의
망설임은
여행길의 먼지가 덮어주리,
사랑스러운 눈이 되리.

이것이 생명의
망설임과

분노인가?

우리 발 위에
선혈처럼 뿌려진
낙엽 같은,

죽음의 신이 입가에 띤
미소 같은
생명.

---

*죽음이 두렵다고 삶을 멈출 수는 없다.
　끝내 선혈처럼 뿌려질 낙엽 같은, 죽음의 신이 입가에 띤 미소 같은 생명이지만,
　삶의 여정은 계속된다.

죽음

죽음을 알게 되었다,
동경東京의 물속에서 떠올라
우주의 한 모퉁이를
장식하고 있는
시체들을 보았기 때문이다.

죽음은, 청명한 봄날처럼 아름답고
계절의 도래처럼 충실했으니
방법이 있다면 도망쳐보라.
아, 무서워하거나 통곡할 필요 없다,
결국 죽음이 우리를 품으리니.

"죽음은 멋대로
친밀한 사람들을 찾아다니는 것이라 해도,
그것은 삶을 짓누르는 문제—
최후의 실망.
오, 어머니!
모든 기대를 저버리고 말았습니다.
저는 죽음을 알게 되었습니다,
시체를 보았기 때문입니다."

*죽음은 청명한 봄날처럼 아름답고 계절의 도래처럼 충실하니, 우리를 품게 될 죽음을 무서워할 것도, 통곡할 것도 없다. 그러나 머리로 생각하던 죽음은 친근 하기까지 했지만 눈으로 확인한 죽음은 충격적 실재였다. 죽음은 더이상 추상이 아닌 구체였고, 살아 있는 모든 것들이 피할 수 없는 최후의 실망이었다. 죽음을 '실체'(시체)로 확인한 시인은 비로소 "죽음을 알게 되었"다고 고백한다.

다이왕수(戴望舒, 1905~50)

1905년 저장성(浙江省) 항현(杭縣)에서 태어났다. 본명은 다이자오안(戴朝安)이다. 왕수라는 필명은 중국 신화 속 천신(天神)의 이름에서 유래한다. 중국 모더니즘 문학을 대표하는 '현대파(現代派)'의 대표 시인이다.

상하이대학과 전단대학(震旦大學)에서 불문학을 전공했다. 다이왕수는 대학 시절 친구이며 현대파의 일원이었던 스저춘(施蟄存)의 집에 기거하다가 그의 여동생 스장녠(施絳年)을 사랑하게 된다. 시인으로서의 위치를 확고하게 만들어준 「비 내리는 골목(雨巷)」을 비롯한 많은 시에서 다이왕수는 스장녠을 향한 사랑의 감정과 그 사랑이 받아들여지지 않는 데서 오는 우울을 묘사했다. 다소 소극적이고 감상적이었던 그는 사랑에 목숨을 걸어도 좋다고 생각할 정도로 스장녠에게 집착했다. 건물에서 투신하는 극단적 행동 끝에 스장녠으로부터 결혼을 승낙받았으나 유학과 안정적인 직업이 그 조건이었다.

사랑하는 여인의 요구에 부응하기 위해 다이왕수는 1932년 프랑스 리옹 중법대학(L'Institut Franco-Chinois de Lyon)으로 유학을 떠났지만, 3년간의 유학 생활은 경제적인 궁핍의 연속이었다. 번역으로 근근이 생계를 유지하느라 학업을 등한하던 다이왕수는 결국 1935년 퇴학 처분을 받고 귀국한다. 하지만 그를 기다리고 있었던 것은 사랑하는 여인의 배신이었다. 실연의 슬픔에 빠진 다이왕수에게 또다른 친구 무스잉(穆時英)이 누이동생을 소개해주었고, 다이왕수는 12세 연하의 무리쥐안(穆麗娟)과 결혼하여 행복한 한때를 보낸다. 중일전쟁 발발 이후 홍콩으로 이주해 『대공보(大公報)』의 문예부간 편집장을 맡게 된 다이왕수는 1940년 무리쥐안과의 성격 차이로 이혼하고, 1942년에는 21세 연하의 홍콩 아가씨 양징(楊靜)과 재혼하지만 1948년에 다시 이혼한다. 홍콩에 거주하던 1942년 반일(反日) 선전 혐의로 일본 특무대에 체포되어 투옥되기도 했던 다이왕수는 1949년 인민해방군의 승리 소식을 듣고 베이징으로 돌아가 국가신문출판본부 국제신문국 프랑스 담당 책임자로 일했다. 1950년 지병인 천식이 악화되어 사망했다.

시집 『나의 기억(我的記憶)』(1929) 『왕수 초(望舒草)』(1933) 『왕수 시고(望舒詩稿)』(1937) 『재난의 세월(災難的歲月)』(1948) 등이 있다.

비 내리는 골목

지우산을 받쳐들고, 홀로
길고 긴,
비 내리는 골목을 조용히 거닐며,
라일락처럼
슬픔에 잠긴 아가씨를
만나고 싶었다.

그녀는
라일락 같은 빛깔로,
라일락 같은 향기로,
라일락같이 슬프게,
빗속을 서럽게,
서럽게 거닐겠지,

그녀는 조용히 비 내리는 이 골목에서,
지우산을 받쳐들고,
나처럼,
나처럼
말없이 거닐겠지,
무심히, 처량하게, 또 슬프게.

그녀는 말없이 다가와,

다가와, 한숨 같은
눈길을 던지고,
꿈처럼,
꿈처럼 아득하고 애잔하게
지나가리.

꿈속에서 스친
라일락 꽃가지처럼,
내 곁으로 이 여인이 스쳐가네,
그녀는 조용히 멀어져, 멀어져가네,
허물어진 울타리에 이르면,
비 내리는 이 골목 끝이 나는데.

서러운 빗줄기 속으로,
그녀의 빛깔이 사라지네,
그녀의 향기가 흩어지네,
사라져 흩어지네, 한숨 같은
그녀의 눈빛조차,
라일락 같은 슬픔조차.

지우산을 받쳐들고, 홀로
길고 긴,

비 내리는 골목을 조용히 거닐며,

라일락처럼

슬픔에 잠긴 아가씨와

스치고 싶었다.

---

*다이왕수에게 '비 내리는 골목의 시인(雨巷詩人)'이라는 별명과 함께 시인으로 서의 명성을 가져다준 대표작이다. 짝사랑의 안타까움이 '비 내리는 골목의 여 인'이라는 상상에 투영되고 있는 이 시는 발표 당시의 사회적 분위기에 힘입어 예상 밖의 반향을 불러왔다. 국민당이 주도한 4·12정변 이후 폭압적 정국과 백 색테러의 공포는 지식인들의 사회변혁 의지를 약화시켰고, 열정을 잃어버린 세 대는 짝사랑의 태생적 비극이 지배하는 모호한 시공간에서의 한숨, 슬픔, 향기 에 깊이 공감했다. 현실에 대한 환멸과 패배감 속에서도 스스로 사랑을 찾아나 서는 시적 자아의 행위가 현대적 의미를 부여받으면서 "라일락처럼 / 슬픔에 잠 긴 아가씨"는 상상과 현실의 경계를 넘나드는 미지의 존재로 각인되었다. 이후 다이왕수는 중국 현대시의 새로운 가능성을 실험하는 '현대'적 시인의 선두에 서게 된다.

나의 기억

내 기억은 내게 충실하다,
가장 친한 내 친구보다 충실하다.

기억은 불붙은 담배 위에서 산다,
기억은 백합꽃을 그리던 붓 위에서 산다,
기억은 낡은 분합에서 살고,
기억은 무너진 담장 곁 산딸기 위에 살고,
기억은 반쯤 마셔버린 술병에 산다,
기억은 찢어버린 옛날 시고詩稿에, 눌러말린 꽃잎에,
희미한 등불에, 고요한 수면에,
영혼이 있거나 없는 모든 것들에 산다,
내가 세상에 살아 있는 것처럼, 모든 곳에 살아 있다.

기억은 소심해서 사람들이 떠드는 것을 싫어한다,
하지만 조용한 시간이면, 친근하게 나를 찾는다.
그의 소리는 낮고 희미하지만,
그의 이야기는 길고, 길고,
길고, 아주 사소하며, 영원히 끝나지 않는다.
그의 이야기는 오래되고, 늘 똑같은 이야기,
그의 음성은 조화롭고, 늘 똑같은 곡조,
때로 그것은 사랑스러운 소녀의 음성을 흉내 내기도 한다,
그 목소리는 힘이 없고,

눈물이 섞이거나, 한숨이 섞이기도 한다.

기억의 방문은 일정하지 않다.
어떤 시간, 어떤 곳이라도 상관없다,
내가 잠자리에 들어 깜빡깜빡 잠이 들려 할 때 오기도 한다,
아주 이른 아침에 올 때도 있다,
사람들은 그가 예의 없다 할지 모르지만
우리는 아주 오랜 친구다.

내가 서럽게 울고 있거나, 깊이 잠들지 않았다면
기억은 영원히 끝도 없이 종알댄다,
하지만 나는 영원히 그를 싫어할 수 없다,
기억은 내게 충실하기 때문이다.

---

*"내 기억은 내게 충실하다, / 가장 친한 내 친구보다 충실하다." 시의 모든 것을
선언하는 구절이다. 타인과 공유하지 않고 온전히 소유할 수 있는 것은 '기억'뿐
이라는 사고는 단순한 듯 보이지만 새롭다. 이전의 어떤 중국 시인도 기억에 대
해 이렇게 이야기하지 않았다. 그것이 담배, 붓, 분합, 산딸기, 술병, 시고, 말린
꽃잎, 희미한 등불 같은 사소한 일상에 "살아 있다"고 한 적도 없다. 시인은 기억
을 자의적으로 변형하거나 왜곡할 수 있는 소유물이 아니라 그것 자체로서 살아
숨 쉬는 유기체적 특징을 갖게 함으로써 화석화된 기억의 범주를 벗어나려 한
다. "나의 기억"은 내게 속한 것이며 그것은 나의 일상을 이루는 수많은 제재와
관련된다. 아무리 사소하고 하찮은 것일지라도 내가 기억하고 있는 한 그것은
나의 일부이며 나 자신인 것이다.

잘린 손가락

낡고, 켜켜이 먼지 내려앉은 책장에
알코올병에 담긴 손가락 하나를 보관 중이다.
한가로이 오래된 책들을 뒤적일 때마다
그것은 시름에 잠긴 듯 슬픈 기억을 불러일으킨다.

그것은 오래전에 죽은 내 친구의 손가락,
창백하고, 여윈, 친구를 닮았다.
언제나 나를 걱정해주고, 반듯하던,
그가 내게 손가락을 건네줄 때의 모습은 이랬다.

"나 대신 이 우스꽝스럽고 불쌍한 연애의 기념물을 보관해줘,
보잘것없는 내 삶에, 불행을 더할 뿐이겠지만."
그의 말은 느릿느릿하고 가라앉아, 마치 탄식을 하는 것 같았다,
그는 웃고 있었지만, 눈에는 눈물이 고여 있었다.

나는 그의 "우스꽝스럽고 불쌍한 연애"에 대해 알지 못한다,
내가 아는 건 그가 어떤 노동자의 집에서 체포되었다는 것,
그후 잔혹한 형벌을 받고, 또 비참한 수감 생활을 했다는 것,
그후 사형에, 우리 모두를 기다리고 있는 사형에 처해졌다는 것
뿐이다.

나는 그의 "우스꽝스럽고 불쌍한 연애"에 대해 알지 못한다,

그는 좀체 내게 얘기한 적이 없었다, 술에 취했을 때조차도.
하지만 추측컨대 그건 분명 슬픈 사랑이었을 터, 숨겨둔 채로,
잘린 손가락과 함께 잊히길 바랐을 것이다.

이 손가락에는 아직 잉크 자국이 남아 있다,
빨간색, 사랑스럽고 빛나는 빨간색이
이 잘린 손가락에 찬란히 남아 있다,
다른 사람의 비겁을 질책하는 그의 눈빛이 내 마음에 남아 있는
것 같다.

이 손가락은 언제나 내게 약간의 그리고 끈적끈적한 슬픔을 가
져온다,
하지만 이것은 내게 있어 아주 유용하고 값진 그 무엇이기도 하
다,
사소한 일로 의기소침해질 때마다,
나는 이렇게 말하곤 한다, "좋아, 저 유리병을 꺼내보자."

---

*기괴하고 섬뜩한 시제(詩題)이다. 알코올병에 담긴 "손가락 하나를 보관 중"이
라니…… 불편한 기분은 금방 해소된다. 그것은 오래전에 죽은 친구의 손가락,
모종의 정치적 이유로 투옥되고 사형당한 친구의 것이다. 시인은 손가락에 아
직도 남아 있는 붉은 잉크 자국을 자신의 비겁에 대한 '책망'이라 느낀다. 그래

서 친구의 손가락 앞에서는 값싼 감상에 빠질 수 없었고 손가락이 주는 슬픔의 의미를 되새길 수밖에 없었다. 의로운 뜻을 함께하지 못한 자책과 양심 때문이었다.

감옥 벽에 쓰는 시

내가 여기서 죽더라도
친구여, 슬퍼하지 말게나,
나는 자네들 마음에
영원히 살아 있을 것이니.

일본 점령지 감옥에서,
자네들 중 하나가 죽은 것이니,
그가 품었던 깊은 한을,
영원히 기억해야 하네.

자네들이 돌아오면, 흙 속에서
그의 훼손된 지체를 꺼내어,
그대들 승리의 환호로
그 영혼을 우뚝 일으켜주게나,

그런 다음 그의 유골일랑 산봉우리에 가져가,
햇볕을 쪼이고, 바람에 말려주게,
이것은 어둡고 축축한 감옥에서 꾸었던
그의 유일한 꿈이었네.

1942년 4월 27일

*중일전쟁의 포화 속에서 일본 제국주의의 만행을 적극적으로 고발하던 다이왕수는 1942년 4월 수감된다. 죽음을 각오하며 써내려간 이 시는 "감옥 벽에 쓰는" 시인의 유언이었다. 삶에 대한 미련을 버린 자만이 할 수 있는 말, "내가 여기서 죽더라도 / 친구여, 슬퍼하지 말게나". 승리의 환호로 내 영혼 우뚝 일으켜달라는 시인의 유언은 어둡고 축축한 감옥에 묻힌 유골을 햇볕에 쪼이고, 바람에 말려달라는 대목에 이르러 비장감과 처연함의 절정을 보여준다.

내 거친 손바닥으로

내 거친 손바닥으로
이 드넓은 땅을 쓰다듬는다.
여기 이 모퉁이는 이미 재가 되었고,
저기 저 모퉁이는 피범벅 흙 범벅이 되어버렸다,
여기 이 호수는 내 고향임에 분명한데,
(봄이면, 제방 위로 예쁜 꽃들이 피고
여린 가지 꺾어 들면 싱그러운 향기가 나던)
수초와 서늘한 물 기운이 느껴질 뿐이다,
여기 창바이산長白山의 눈 덮인 산봉우리는 뼈에 사무치도록 차
갑고,
황하 물길에 섞여 흐르던 흙은 손가락 사이로 흘러버린다,
네가 그해 심었던 강남 무논의 벼는
그리도 보드랍고 연하더니…… 이제는 쑥대밭이 되어버렸고,
광둥廣東의 여지 꽃 쓸쓸히 시들어간다,
저쪽 끝으로 가서, 나는 어선조차 없는 남해 바다 쓴물을 손에
묻히고
무형의 손바닥으로 끝없는 산하를 스쳐간다,
손가락에 피와 흙이 묻고, 손바닥에 어둠이 묻어난다,
오직 저 아득한 한 모퉁이만이 온전하고,
따스하고 명랑하고 견고하며, 생기발랄한 봄날.
그 위를 내 거친 손바닥으로 쓰다듬는다,
사랑하는 연인의 머리칼을 어루만지듯, 아기가 엄마 젖을 만지듯.

내 모든 힘을 손바닥에 모아

사랑과 모든 희망을 걸어, 그 위에 댄다,

오직 그곳만이 태양이 빛나는 봄날

장차 어둠을 몰아내고, 새로운 생명을 실어올 것이므로

오직 그곳에서만 우리는 짐승처럼 살다가

개미처럼 죽지 않아도 될 것이므로…… 그곳, 영원한 중국이여!

1942년

* '비 내리는 골목의 시인'이라 불렸던 다이왕수의 서정성이 전환하고 있음을 보여주는 대표작이다. 중일전쟁의 피해 상황을 지도 위에서 복기하는 시인의 눈에는 눈물이 고여 있는 듯하다. 동북의 창바이산에서 강남의 광둥에 이르기까지 유린당하지 않은 곳을 찾기 힘든 현실은 지도를 더듬는 손가락에 피와 흙이 묻어날 듯 절망적이다. 그러나 파괴된 산하, 피 흘리는 조국을 바라보며 절망하지 않을 수 있는 이유는 중국공산당의 존재 때문이다. "오직 저 아득한 한 모퉁이만이 온전하고, / 따스하고 명랑하고 견고하며, 생기발랄한 봄날"이 실재하는 곳은 중국공산당이 항일투쟁을 벌이고 있는 서북 일대임에 분명하다. 시인은 조국을 파국으로부터 구원할 유일한 가능성으로서 중국공산당에 대한 기대를 품는다. 자신의 "거친 손바닥"으로 "장차 어둠을 몰아내고, 새로운 생명을 실어올" "그곳"을 어루만진다.

자화상

아득한 나라를 그리워하는 자,
나는, 나는 외로운 생물.

만약 내 자신을 그린다면,
단순한 정물화 한폭.

나는 청춘과 노쇠의 집합체,
건강한 육신과 병든 마음.

친구들 사이에서는 솔직하기로 이름났지만,
연애에 있어서는 저능아.

한 소녀가 나를 사랑하기 시작했을 때,
나는 두려워 떨며 당황했었네.

나는 따뜻한 눈동자가 두려웠지,
이른 봄날 아침 해를 두려워하듯.

나는 키가 크고 건장하고, 내 눈은 빛나지,
우렁찬 목소리로 마음껏 웃고 떠들지.

하지만 울적해지면, 나는 침묵하네,

스물넷 나의 온 맘을 다해, 우울해하네.

*다이왕수는 이 몇줄의 시로 자신이 어떤 사람인지를 진솔하게 보여준다. 일찍이
프랑스 문학을 공부했고 재능 있는 시인으로 많은 독자의 사랑을 받은 사람 특
유의 자신감은 찾아볼 수 없다. 오히려 청춘과 노쇠의 집합체, 건강한 육신과 병
든 마음의 소유자, 무엇보다 사랑에 빠지면 "저능아"가 되고 마는 어리석음으
로 '자화상'을 그리는 다이왕수는 "온 맘을 다해" 세상을 사랑한 진심의 소유자
였다.

내 연인

당신께 내 연인에 대해 얘기해드리죠,
내 연인은 수줍음이 많은 사람,
수줍어하는 그녀는, 복사꽃 같은 낯빛과
발그레한 입술, 파란 하늘 같은 마음을 지녔습니다.

크고 까만 그녀의 눈동자,
차마 나를 바로 보지 못하는 크고 까만 눈동자—아니, 차마 보
지 못하는 게 아니라, 그녀가 수줍어하는 것입니다,
하지만 내가 그녀 가슴에 기댈 때면,
그녀 눈동자 빛깔이 변한다고 하실 겁니다,
파란 하늘빛, 그녀 마음의 빛깔로 말입니다.

그녀의 가녀린 손은,
내 어지러운 마음을 어루만져줍니다,
그녀의 맑고 사랑스러운 목소리는,
오직 내게만 부드럽게 얘기하지요,
내 마음속 말들을 모두 녹여버릴 부드러움으로.

그녀는 얌전한 소녀랍니다,
그녀는 자신을 사랑하는 이를 어떻게 사랑해야 하는지 알고 있
지요,
하지만 나는 결코 당신께 그녀의 이름을 얘기할 수 없습니다,

그녀는 수줍음 많은 연인이기 때문입니다.

---

*길었다 할 수 없는 다이왕수의 삶에 깊은 낙인으로 남은 존재는 첫사랑 스장녠
이었다. 스장녠은 다이왕수의 많은 시에 영감을 주었지만 그녀와의 사랑은 슬프
게 끝나버렸다. 두번의 결혼조차 불행하게 마감한 시인에게 '연인'이란 현실에
서는 닿을 수 없는 아득한 이상이었고, 이 시에 묘사된 소녀 역시 시인의 염원이
낳은 가공의 존재이다. 다이왕수는 영원히 자신이 사랑하고 '싶은' 연인을 찾아
'비 내리는 골목'을 헤매는 시인이었다.

꿈을 찾는 사람

꿈은 꽃을 피울 것입니다,
꿈은 아름다운 꽃을 피울 것입니다,
값을 매길 수 없는 보물을 찾으러 갑시다.

푸른 바다에,
푸른 바다 밑에,
금빛 조개 하나가 숨겨져 있습니다.

9년 동안 빙산을 오르고,
9년 동안 마른 바다를 항해하면,
당신은 금빛 조개가 있는 곳에 닿을 겁니다.

그 조개는 천상의 빗소리와,
바다 위의 바람 소리를 지니고 있어,
당신의 마음을 사로잡을 것입니다.

그 조개를 바닷물에 9년을 기르고,
하늘 물에 9년을 기르면,
어느 어두운 밤, 조개가 벌어질 겁니다.

당신의 머리카락이 희끗희끗해질 때에,
당신의 눈동자가 흐릿해질 때에,

금빛 조개는 분홍 구슬을 뱉어낼 것입니다.

분홍 구슬을 그대 가슴에 두십시오,
분홍 구슬을 그대 베갯머리에 두십시오,
그리하면 꿈 하나가 조용히 떠오를 것입니다.

당신의 꿈이 꽃을 피웁니다,
당신의 꿈이 아름다운 꽃을 피웁니다,
당신이 늙고 기력이 다했을 때에.

---

*다이왕수는 "꿈을 찾는 사람"이었다. 시를 쓰고, 사랑하고, 유약한 본성을 딛고
조국의 불행에 맞섰던 그의 모든 행위는 "꿈을 찾는 사람"의 인내와 눈물의 결
과였다. 시인의 삶은 현실이 아닌 이상향 어딘가에 진정한 "꿈"이 존재한다는 믿
음에서 말미암는다. 시인에게는 푸른 바다 속 금빛 조개 같은 꿈이 있다. 영겁의
시간을 인내해야 만나는 꿈, "늙고 기력이 다했을 때"에야 비로소 '꽃을 피우는'
꿈이다. 잔혹한 전쟁의 나날 속에서 피폐한 조국의 구석구석을 거친 손바닥으로
어루만지면서도 이렇게 아름답게 피어날 꿈을 포기하지 않았던 시인의 마음을
가늠하게 하는 작품이다.

아이칭(艾青, 1910~96) ────────────────────────────

1910년 저장성(浙江省) 진화시(金華市) 출생으로 본명은 장하이청(蔣海澄)이다. 대지주 집안의 아들로 사흘 밤낮의 산고 끝에 태어난 아이칭은 '부모와 상극'의 운명을 타고났다는 점쟁이의 말 때문에 출생 직후 가난한 농가에 맡겨져 다섯살까지 유모 손에서 자랐다. 아이칭의 대표작인 「다옌허(大堰河)」는 그를 키워준 유모의 이름이다.

아이칭은 1928년 항저우시후예술전문학교(杭洲西湖藝術院) 회화과에 입학한 직후 교장의 추천을 받아 1929년 프랑스 빠리로 유학을 떠났다. 후기인상파 화가들의 작품에 매료되어 회화를 공부하며 유럽 현대시를 읽은 아이칭은 1931년 일본의 만주 침략 소식을 전해듣고 귀국을 결심한다. 1932년 초에 귀국한 그는 상하이의 중국좌익미술가연맹에 가입하여 혁명문예활동을 하던 중 동료들과 함께 체포되었고, 옥중에서 '아이칭'이라는 필명으로 시를 쓰기 시작했다.

1935년에 출옥한 아이칭은 중일전쟁 발발과 함께 한커우(漢口), 충칭(重慶) 등지에서 항일운동에 몸담았으며, 1940년대에는 옌안(延安)으로 가 강렬한 항일정신과 민족애를 표현한 시를 창작했다.

중화인민공화국 성립 이후에는 1957년의 반우파투쟁(反右派鬪爭)으로 헤이룽장성(黑龍江省)과 신장(新疆)에서 노동개조를 받아야 했고, 문화대혁명 동안에도 이루 말할 수 없는 수난과 고초를 겪어야 했다.

문화대혁명이 끝나고 1979년 명예를 회복한 아이칭은 제2의 전성기를 맞는다. 1980년에 발표한 시집『돌아온 자의 노래(歸來的歌)』와『설련(雪蓮)』으로 중국작가협회가 주관하는 시 부문 전국최우수상을 수상했고, 1985년에는 프랑스로부터 문화예술공로훈장 기사장을 받기도 했다. 1996년 86세의 나이로 세상을 떠난 아이칭은 원이둬(聞一多)와 더불어 중국 현대문학사의 대표적 애국 시인으로 평가된다.

시집『다옌허(大堰河)』(1936)『북방(北方)』(1939)『태양을 향해(向太陽)』(1940)

『여명의 통지(黎明的通知)』(1943)『농촌에 바치는 시(獻給鄉村的詩)』(1945)『승리를 향해 가라(走向勝利)』(1950)『환호집(歡呼集)』(1950)『보석처럼 붉은 별(寶石的紅星)』(1953)『흑장어(黑鰻)』(1955)『봄(春天)』(1956)『바다 협곡에서(海岬上)』(1957)『돌아온 자의 노래(歸來的歌)』(1980)『설련(雪蓮)』(1983)『역외집(域外集)』(1983)『샛별(啓明星)』(1984) 등이 있다.

투명한 밤

1

투명한 밤.

밭둑을 들썩이는 걸걸한 웃음소리……
술꾼들이,
단잠에 빠진 마을 쪽으로, 왁자지껄 걸어간다……
마을에서
개 짖는 소리가, 드문드문한 하늘의 별들을
흔들어댄다

마을,
단잠에 빠진 거리
단잠에 빠진 공터를 지나, 홀로 깨어 있는 술집으로
쳐들어간다

술, 불빛, 불콰한 얼굴
호탕한 웃음소리가 한데 뒤엉긴다……

"가세
도축장에 가서
고깃국 한사발씩 하세."

2

술꾼들은 마을 끝
훤히 불을 밝힌 집 문으로 들어선다,
비릿한 피 냄새, 고기 무더기, 쇠가죽에서 나는
후끈하고 시큼한 냄새……
사람들 떠드는 소리, 사람들 떠드는 소리

도깨비불 같은 기름등이, 초원에서 살아가는
흙빛 얼굴 여남은개를
비춘다

이곳은 우리들 놀이터,
모두가 잘 아는 얼굴들,
뜨끈뜨끈한 쇠뼈를
들고
입을 쩍 벌려, 뜯고 또 뜯는다……

"한잔해, 한잔해,
우리 실컷 마시자고."

등불이 도깨비불처럼 비춘다
소 피, 피로 물든 백정의 팔뚝,
핏방울이 튄
　백정의 이마

도깨비불 같은 기름등이, 불꽃 같은 우리 근육을
그리고
──그 안에 숨어 있는──
아픔과 분노, 그리고 복수의 힘을 비춘다

도깨비불 같은 기름등이,
──여기저기에서 튀어나온──
밤중에 깨어 있는 자들과
주정뱅이와
길손과
지나가던 도둑놈과
소도둑놈 들을 비춘다……

"한잔해, 한잔해,
우리 실컷 마시자고."

3

....
"우리, 별들이 졸고 있을 때
가자고……"

밭둑을 들썩이는 걸걸한 웃음소리……
술꾼들은,
단잠에 빠진 마을을 떠나,
단잠에 빠진 들판을 향해
　와자지껄 가고 있다……

밤, 투명한
밤이다!

1932년 9월 10일

*부유층 출신의 많은 중국 지식인들이 혁명에 투신했지만, 아이칭은 유아기의 특
　별한 경험으로 인해 누구보다 농민과의 친화력이 강했던 시인이다. 그는 가문에
　대한 귀속감과 농민에 대한 친근감이라는 계급적 이중성 속에서 항일투쟁의 전
　과정을 지켜보았고 농민들 속에 내재한 변혁의 가능성에 주목했다. 이 시에서

시인은 스스로 잘 안다 할 수도 있는 농민의 삶에 직접 개입하지 않고 한걸음 물러서서 관찰함으로써 농민들의 단순하지만 건강하고 역동적인 면모를 실감케 한다. 사실화처럼 펼쳐지는 시의 화폭은 온갖 소리와 색채, 냄새 등으로 오감을 자극하고, 평온 속에 들끓는 1930년대 중국 농촌의 적의(敵意)와 힘으로 꿈틀거린다. 현실은 더이상 '캄캄'하기만 한 어둠이 아니라 여명을 준비하는 '투명'함으로 채워지고 있다.

다옌허(大堰河) — 나의 유모

다옌허는, 나의 유모였습니다.
그녀의 이름은 바로 그녀가 태어난 마을의 이름이었고,
민며느리였던
다옌허는, 나의 유모였습니다.

나는 지주의 아들이었지만
다옌허의 젖을 먹고 자란
다옌허의 아들이기도 했습니다.
다옌허는 나를 길러 가족을 먹여살렸고
나는, 당신의 젖을 먹고 자랐습니다,
다옌허, 나의 유모여.

다옌허, 오늘 내리는 눈을 보며 당신을 생각합니다.
눈 쌓인 잡초투성이 당신의 무덤
아무도 살지 않는 당신의 옛집 처마에서 말라죽은 기와 꽃
저당 잡혔던 한평 남짓한 텃밭
문 앞에 놓인 이끼 낀 돌의자
다옌허, 오늘 내리는 눈을 보며 당신을 생각합니다.

당신은 크고 두툼한 손으로 나를 안고 쓰다듬어주었지요,
아궁이 불을 지핀 뒤에
행주치마에 묻은 재를 털어낸 뒤에

밥이 익어가는 냄새를 맡은 뒤에
시커먼 장 사발을 거무데데한 상 위에 올려놓은 뒤에
산중턱 가시나무에 찢긴 아들들의 옷가지를 꿰맨 뒤에
낫에 베인 막내아들의 손을 싸매준 뒤에
남편 저고리의 이를 하나하나 눌러죽인 뒤에
오늘 낳은 첫번째 달걀을 주워담은 뒤에
당신은 크고 두툼한 손으로 나를 안고 쓰다듬어주었지요.

나는 지주의 아들,
젖을 뗀 나는,
낳아주신 부모님 계신 집으로 돌아가게 되었지요.
아, 다옌허, 당신은 어찌하여 눈물을 흘리시나요?

나는 낳아주신 부모님 집에 새로 온 손님이었습니다!
붉은 옻칠에 알록달록 조각한 가구를 매만지면서
부모님 침대 위의 비단 금침을 매만지면서
처마 밑에 걸린 '천륜의 즐거움天倫敍樂'이라는 뜻 모를 현판을 보
면서
새로 입은 옷에 비단실로 달아놓은 자개단추를 만지작대면서
어머니 품에 안긴 낯이 선 누이동생을 바라보면서
밑에 온돌을 묻어놓은 옻칠한 침상에 앉아서
세번 도정한 하얀 쌀밥을 먹으면서도

나는 어색하고 불안하기만 했습니다! 나는
낳아주신 부모님 집에 새로 온 손님이었으니까요!

다옌허는, 먹고살기 위해
젖이 마른 뒤에는
나를 안았던 두 팔로 노동을 했습니다,
웃으며 우리 옷을 빨았고
웃으며 채소 바구니를 들고 얼어붙은 저수지로 가서
웃으며 얼음이 서걱거리는 무를 썰었고
웃으며 돼지 먹일 보리 지게미를 손으로 긁어모으며
웃으며 고기 삶는 화로에 부채질을 했습니다
웃으며 대바구니를 공터로 지고 나가 콩이며 밀을 말렸지요.
다옌허는, 먹고살기 위해
젖이 마른 뒤에는,
나를 안았던 두 팔로, 노동을 했습니다.

다옌허는, 자신의 젖먹이를 진심으로 사랑했습니다,
설이면 아이를 위해 쌀엿을 써느라 정신없었고,
마을 끝 그녀의 집에 몰래 찾아오는 아이를 위해,
그녀에게 다가와 '엄마'라 부르는 아이를 위해,
다옌허는, 아이가 그린 알록달록 관운장 그림을 부뚜막 벽에다
붙여놓고는,

이웃들에게 입이 닳도록 자랑을 했습니다.
다옌허는 다른 사람에게 말 못할 꿈을 꾼 적도 있습니다,
꿈속에서, 그녀의 젖먹이가 장가를 갔고,
으리으리한 안채에 앉아 있는 그녀에게,
예쁜 며느리는 상냥한 목소리로 '어머니' 하고 불렀던 것입니다
………
다옌허는, 자신의 젖먹이를 진심으로 사랑했습니다!

다옌허는, 꿈에서 깨기도 전에 세상을 떠나고 말았습니다.
　그녀가 눈을 감을 때, 젖먹이는 그녀 곁을 지키지 못했습니다,
　그녀가 눈을 감을 때, 늘 그녀를 때리고 욕하던 남편도 눈물을
흘렸고,
　다섯 아들도, 저마다 서럽게 울었습니다.
　그녀가 눈을 감을 때, 그녀는 나지막이 젖먹이의 이름을 불렀습
니다.
　다옌허는, 세상을 떠났는데,
　그녀가 눈을 감을 때, 젖먹이는 그녀 곁을 지키지 못했습니다.

　다옌허는, 눈물을 머금고 세상을 떠났습니다!
　사십 평생 세상에서 당한 능욕과 함께
　말로 다 할 수 없는 노예의 고달픔과 함께
　4위안짜리 관과 볏짚 몇 포기와 함께

겨우 관을 묻은 작은 땅과 함께
지전紙錢을 태운 한줌 재와 함께
다옌허는, 눈물을 머금고 세상을 떠났습니다.

이것은 이제 다옌허가 모르는 일입니다.
그녀의 주정뱅이 남편은 이미 죽었고,
큰아들은 도적이 되었습니다,
둘째는 대포 연기 속에서 숨을 거두었고,
셋째, 넷째, 다섯째는
사부님과 지주에게 욕을 먹으며 살아가고 있습니다.
그리고 나는, 이 불의한 세상에게 줄 저주의 글을 쓰고 있습니다.
길고 긴 방황을 끝내고 고향으로 돌아가면,
산등성이에서, 들녘에서,
마주치는 형제들과 육칠년 전보다 더욱 반갑게 인사를 나누겠
지요!
이것은 당신을 위한 것이지만, 고요히 잠든 다옌허는
모르는 일입니다!

다옌허, 오늘 당신의 젖먹이 아들은 옥중에서
당신에게 바치는 찬미의 시를 씁니다,
황토 흙 아래 있는 당신의 자줏빛 영혼에 바칩니다
나를 안으려고 뻗었던 당신의 손에 바칩니다

내게 입 맞추던 당신의 입술에 바칩니다
검고 보드랍던 당신의 뺨에 바칩니다
나를 길러주었던 당신의 유방에 바칩니다
당신의 아들들, 내 형제들에게 바칩니다
대지 위의 모든 것들에 바칩니다
다옌허 같은 나의 유모와 그녀의 아들에게
자신의 아들처럼 나를 사랑해준 다옌허에게 바칩니다.

다옌허,
나는 당신의 젖을 먹고 자란
당신의 아들,
당신을 존경합니다,
당신을 사랑합니다!

1933년 1월 14일 비 오는 아침

---

*신분 고하를 막론하고 중국 전통사회의 여성은 비극적인 운명을 타고난 존재들이었지만 특히 가난한 여성 농민의 삶은 상상을 초월한 비참이었다. 민며느리로 팔려가는 순간부터 노동력을 착취당하며 아내로서, 어머니로서의 역할과 의무를 강요받았던 무수한 "다옌허"는 살아남기 위해 고군분투했던, 모성과 끈질긴 생명력의 상징이다. 그녀들은 가족을 위해 헌신했고 운명에 순응했다. 호구지책에 불과한 유모 역할조차 인간적인 성의를 다했고 자기 젖을 먹고 자란 아이와

천륜과도 같은 인연을 맺었다. 이 시는 유모 "다옌허"를 그리는 아이칭의 사모곡 (思母曲)이다. 신분이 다르고 처지가 달랐지만 모성만은 다르지 않았던 유모로부터 아낌없는 사랑을 받았던 시인은 낳아준 부모 못지않은 그녀를 살뜰히 추억한다. 다옌허의 시간과 운명이 파노라마처럼 펼쳐지면서 불행한 여성 농민의 형상이 친근하고 눈물겨운 '어머니'의 모습으로 재구성되고 있는 아이칭의 대표작이다.

중국 땅에 눈이 내리고

중국 땅에 눈이 내리고
추위가 중국을 봉쇄하고 있다……

바람은
상심한 노파처럼
바싹 다가와
섬뜩하게 손톱을 뻗어
행인의 옷섶을 잡아당긴다,
땅처럼 오래된 말로
쉬지 않고 떠들어댄다……

숲에서 나와
마차를 몰고 가는
중국의 농부여,
짐승 가죽 모자를 쓰고
쏟아지는 눈을 맞으며
그대 어디로 가는가?

그대여
나도 농부의 후예라네
고통이 새겨놓은
그대들 주름진 얼굴을 보며

나는 이렇듯 깊이
깨닫느니
초원에서 살아가는 사람들
그 고달픈 세월이여.

그러니 나도
그대들보다 기뻤던 것 아니니
―시간의 강물에 누워 있노라면
고난의 파도
몇번이나 나를 삼키고 휘감았던지―
유랑과 감금 속에서
내 청춘의 가장 소중한 날들 잃어버린 채,
그대들의 생명처럼
내 생명
초라했었네.

중국 땅에 눈이 내리고
추위가 중국을 봉쇄하고 있다……

눈 내리는 밤, 물길을 따라
천천히 흘러가는 작은 등불 하나
저 오래된 뜸배 안에서

등불에 일렁이는, 고개 숙이고
앉은 이 누구인가?

아,
헝클어진 머리카락 꾀죄죄한 얼굴의 젊은 여인이여,
혹시
그대의 집
——그 행복하고 따뜻했던 보금자리가
잔인무도한 적들에게
불타버렸나?

아니면
이 깊은 밤
지켜주는 남자도 없이
죽음의 공포 속에서
이미 적들의 칼에 희롱당한 것인가?

아, 이렇게도 추운 오늘밤
수없이 많은
연로하신 우리 어머니들이
이방인처럼
남의 집에 웅크리고 계신다,

수레바퀴는 내일
어디를 향해 굴러갈지 알 수 없는데,
──게다가
중국의 길은
이리 험하고
이리 질척대는데.

중국 땅에 눈이 내리고
추위가 중국을 봉쇄하고 있다……

눈 내리는 밤
전쟁의 불길에 물어뜯긴 곳, 초원을 건너온
수많은 대지의 개척자들은
기르던 가축을 잃고
비옥한 농토를 잃고
삶의 절망으로 가득한 더러운 거리
기근의 땅에
모여
암울한 하늘을 향해
도움을 구하려고
떨리는 두 팔을 뻗을 뿐이다.

중국의 고통과 재난은
눈 내리는 이 밤처럼 광활하고 아득한데!

중국 땅에 눈이 내리고
추위가 중국을 봉쇄하고 있다……

중국이여,
등불도 없는 밤중에
써내려가는 내 무력한 시詩가
약간의 따스함이라도 그대에게 전해줄 수 있을까?

1937년 12월 28일 밤

---

*전쟁은 힘없는 자들을 가장 먼저 궁지로 몰아넣는다. 추위와 공포 속에 피난길
에 오른 농부들, 보호받지 못하고 정처 없이 떠도는 여인들, 이방의 거리에서 불
안한 밤을 보내는 수많은 어머니들…… 밤처럼 아득하고 광활한 도처의 재난을
목도하면서 시인은 막막하다. 실재하는 구체적 불행에 직면하여 시의 무력함을
느낀다. 하지만 시인은 시를 쓴다. 저들과 다를 것 없는 "농부의 후예"로서, "시
간의 강물"에 누워 있는 '초라한 생명'으로서, 추위가 봉쇄해버린 "중국"을 쓴다.

나는 이 땅을 사랑합니다

내가 한마리 새라면
쉰 목으로 노래하겠습니다.
폭풍우 내리치는 이 땅과
우리의 슬픔이 용솟음치는 강,
쉼 없이 불어대는 분노의 바람을,
그리고 숲 사이로 전해오는 따사로운 여명을……
—그리고 나는 죽어서
깃털조차 이 땅에서 썩어가겠습니다.

어째서 내 눈에는 언제나 눈물이 맺혀 있는 것일까요?
내가 이 땅을 깊이 사랑하기 때문입니다……

1938년 11월 7일

---

*"깃털조차 이 땅에서 썩어가겠"다 했던 시인이 눈물로 노래한다.
　"나는 이 땅을 사랑합니다".

물고기 화석

얼마나 활기찬 동작인가,
얼마나 왕성한 힘인가,
물결 속에 도약하고
바다에서 부침浮沈하다가,

불행히 화산 폭발을 만난 것인가,
지진이었나,
자유를 잃어버린 너는
재에 묻혀버렸네,

수억년이 지나
지질탐사대원이
암층 속에서 발견한 너는,
아직도 살아 있는 듯 생생하여라.

하나 너는 침묵할 뿐,
탄식조차 없어라,
비늘과 지느러미 온전하여도,
움직일 수 없으니,

너의 절대적인 정지停止는
그 무엇에도 반응하지 않네,

하늘과 물을 볼 수도 없고
파도 소리 들을 수도 없네.

화석을 응시하노라면
바보라 해도 교훈을 얻으니,
운동에서 멀어지면
생명을 잃는 법.

살아 있다면 투쟁해야 하고
투쟁 속에 전진해야 하리,
설령 죽는다 해도
힘은 남김없이 발휘해야 하리.

1978년

---

*시인의 눈물이 채 마르기도 전에, 가난한 농민과 노동자가 주인이라고 선언한 신(新)중국은 그 눈물과 한숨을 싸구려 감상이라 비난했다. 무수한 '다옌허'를 학대하고 착취한 계급이라는 이유로 수많은 지식인들이 정신적, 육체적 '개조 (改造)'를 당해야 했고 자신의 사상과 행동을 스스로 의심해야 했다. 시인들이 멋대로 그려내는 노동자·농민은 더이상 필요없다며 노동자·농민이 직접 시를 쓰기도 했다. 1950년대부터 문화대혁명이 끝날 때까지 시인들은 마음껏 울 수도 없는 공포 속에서 화석처럼 박제되어갔다.
이 시는 화석 같은 정치의 시대를 마감하는 아이칭의 노래다. 투쟁과 전진이 없

는 삶은 "물고기 화석"처럼, 살아 있는 것 같으나 실상은 죽어버린 삶이라고 말하는 아이칭은 정말 또 한번의 투쟁을 강조한 것인가? 죽음을 각오하고 발휘하는 "힘"과 투쟁은 동어반복인가?

호랑무늬 조개

햇살에 반짝이는
어여쁜 호랑무늬 조개야,
무엇이 너를 이리 반들반들 갈아놓았나
무엇이 너를 이리 반짝반짝 닦아놓았나

질 좋은 자기瓷器보다 섬세하고
순결한 보석보다 단단하고
거위 알처럼 동그랗고 매끈해서
티끌만 한 흠조차 찾을 수 없으니

절망의 바다 밑 얼마나 긴 세월을
드넓은 파도와 함께 구른 것이냐
온몸에 옥돌 갑옷을 입고
가장 연약한 생명을 감싼 채로

우연히 파도에 실려 해변에 오지 않았다면
나는 이리 아름다운 햇살 꿈도 꾸지 못했습니다

1979년 12월

* 역사의 필연보다 아름다운 호랑무늬 조개의 우연! 연약한 조개를 단단하고 홈 없는 보석으로 만든 것은 시간이었지만 파도가 조개를 해변으로 실어오지 않았 다면 조개는 아직도 절망의 바다 밑에서 잠자고 있었을 것이다. 우연처럼 시작 된 새로운 역사 앞에서 시인은 스스로의 시간을 돌아본다.

그리움은 두둥실

그리움은 두둥실
한가위 달처럼
밝고 둥글어
산이 얼마나 높든지, 바다가 얼마나 넓든지
하늘 끝 바다 저편에서도 볼 수 있으니
이런 밤에는
무슨 생각을 할까?

그리움은 두둥실
수박처럼, 사과처럼 둥글어
둘러앉은 식구들 즐거워라
골육이 이별하면 마음 아파라
가족을 그리는 이
하늘에 뜬 달을 보며
차마 월병月餠을 삼킬 수 있을까?

1983년 9월 21일

*파란만장, 우여곡절을 겪고 나면 이런 노래 부를 수 있는 것인가. 가족이 한데 모여 월병 하나 먹는 것보다 따뜻하고 충만하고 천지가 밝아져 마음 절로 두둥실 대는 일이 또 있을까. 골육과 이별했던 사람이라야, 수박이 달처럼, 사과가 달처럼 둥글게 사무쳤던 사람이라야 이런 노래 부를 수 있을 것이다.

벤즈린(卞之琳, 1910~2000)

1910년 장쑤성(江蘇省) 하이먼(海門)에서 태어난 시인이자 번역가이다.

베이징대학 영문학과 재학 중 영국 낭만주의, 프랑스 상징주의 작품들을 접하면서 시를 쓰기 시작한 벤즈린은 대학을 졸업하던 1933년에 첫 시집 『삼추초(三秋草)』를 냈다.

스승이었던 쉬즈모(徐志摩)로부터 실력을 인정받은 벤즈린은 중국 고전시사(詩詞)에 대한 깊은 조예를 바탕으로 당시 중국 시단을 풍미했던 신월파(新月派)와 서양 모더니즘 시풍의 영향을 받아, 전통적 이미지와 현대적 기법이 어우러진 시를 창작하면서 1930년대 중국의 '현대파(現代派)'를 대표하는 시인이 되었다.

벤즈린은 중일전쟁 시기에 종군 생활을 하며 옌안(延安)의 루쉰예술대학(魯迅藝術學院), 쿤밍(昆明)의 시난연합대학(西南聯合大學) 교수직을 맡았다. 매우 감성적이면서 난해하다는 평가를 받았던 그의 시풍은 전쟁을 거치며 중국 인민의 투쟁을 노래하는 대중적 성격을 띠기도 했다. 종전 후 벤즈린은 톈진(天津) 난카이대학(南開大學)에서 1년을 근무한 뒤 1947년부터 1949년까지 영국 옥스퍼드 대학(University of Oxford) 객원연구원을 지냈으며, 1949년 귀국 후부터 베이징대학 외국어학과 교수로, 1952년부터 2000년까지 중국사회과학원 문학연구소 연구원으로 지내면서 『시간(詩刊)』 『세계문학(世界文學)』 『문학평론(文學評論)』 등 주요 문학잡지의 편집위원을 역임하며 해외 문학작품을 연구하고 번역하는 일에 주력했다.

시집 『삼추초(三秋草)』(1933) 『어목집(魚目集)』(1935) 『한원집(漢園集)』(1936) 『위문편지(慰勞信集)』(1940) 『십년시초(十年詩草)』(1942) 『파도를 넘어(翻一個浪頭)』(1951) 『조충기력 1930~1958(雕蟲紀歷 1930~1958)』(1979) 등이 있다.

몇사람

"산사 열매 맛탕이오!" 목이 터져라 외쳐대는 노점상은
입안 가득 먼지를 마시고도 아무렇지 않은 듯했다,
새장을 손에 들고 하늘의 흰 비둘기 보던 사람은
무심한 발걸음으로 흙탕물을 건넜다,
인적 드문 거리에서 한 젊은이가 생각에 빠져 있을 때였다.
무를 파는 채소 장수가 괜스레 갈아놓은 칼을 휘두른다,
석양 아래서 당근 무더기가 바보처럼 웃고 있다,
인적 드문 거리에서 한 젊은이가 생각에 빠져 있을 때였다.
키 작은 거지가 기다란 제 그림자를 멍하니 보고 있다,
인적 드문 거리에서 한 젊은이가 생각에 빠져 있을 때였다.
어떤 사람들은 밥그릇을 든 채 한숨을 쉰다,
어떤 사람들은 한밤중에 다른 사람의 잠꼬대를 듣는다,
어떤 사람들은 흰 머리카락에 붉은 꽃을 꽂는다,
눈 내린 벌판 끝에 걸린 둥근 석양 같다……

1932년 10월 15일

*대부분의 사람들이 이렇게 살고 있다. 끈적거리는 맛탕을 팔면서 먼지 따위는
신경 쓰지 않고, 새를 가두면서도 비둘기 같은 자유를 꿈꾸고, 쓸데없이 칼을 갈
고, 남들은 어찌 사나 기웃거리며 백발에 꽃을 꽂듯 자기 삶을 변명하면서. 사람
들이 사는 모습은 이렇게 무의미하거나 무신경하다. '생각에 빠진' 젊은이는 인
적 드문 거리에서나 볼 수 있다.
1930년대 베이징의 거리 풍경을 담고 있는 이 시에는 건조한 시대 분위기와 시

인의 안타까움이 묻어난다. 시인은 무심한 듯 삶을 나열하고 홀로 '생각에 빠진' 젊은이를 반복 배치함으로써 그같은 일상에 파문을 던진다. 하지만 시인과 "몇 사람" 사이에는 멀지도 가깝지도 않은 거리가 존재한다. 보이는 삶과 실제의 삶이 다를 것을 아는 시인은 섣불리 판단하지 않는다.

길가

집을 등에 지고 다니는 달팽이처럼
등 굽고, 지팡이도 굽고, 다리도 굽은
지친 나그네가 나무 밑에 있던 사람에게 와서 묻는다
(하릴없이 뜬구름을 보고 있던 사람 말이다)
"베이안北安 마을로 가려면 어찌 가야 합니까?"

자신에게 길을 물어주는 것이 적이 만족스러운데
타지 사람은 속내를 안다는 듯 빙그레 웃는다,
먼 길 떠났다 돌아온 형님의 짐을 푸는
막내처럼
지친 나그네 이야기보따리를 더이상 풀 수 없음이 못내 아쉬워.

1934년 8월 4일 샨룽산顯龍山

---

*타인의 삶을 향한 끝없는 호기심! 무료하게 되풀이되는 일상 속에서 낯선 이의
출현은 본능 같은 호기심을 일깨운다. 하지만 등이 굽도록 인생의 길을 걸어온
나그네는 호락호락하지 않다. 빙그레 웃음으로 호기심에 대처할 만큼.
1934년 여름 베이징 교외 샨룽산에서 본 우연한 장면이 계기가 되었다는 이 시
는, 평범한 삶의 순간을 포착해내는 벤즈린 특유의 감수성을 맑은 국물처럼 우
려내고 있다.

단장(斷章)

다리 위에서 풍경을 바라보는 당신,
위층에서 풍경을 보다가 당신을 보고 있는 사람.

당신 방 창문은 휘영청 달이 장식하고,
당신은 다른 사람의 꿈을 장식하고.

1935년 10월

*이 순간 내가 보고 있는 것은 무엇인가. 내 절실함은 어디에 있는가. 고개 들어
사방을 둘러보면, 나처럼, 생각에 잠겨 먼 곳을 바라보는 사람 있지 않은가.
일상 속 삶의 본질을 간명하게 꿰뚫었다고 평가받는 벤즈린의 대표작이다.

외로움

시골 아이는 외로움이 싫어
베갯머리에 여치 한마리 키웠습니다.
어른이 되고 도시로 일하러 간 그는
야광시계 하나를 샀습니다.

그는 어릴 적 언제나 꿈을 꾸었습니다
무덤 위 풀밭이 여치 집이 되는 꿈을,
그가 죽은 지 세시간이 지난 지금도
야광시계는 여전히 멈출 줄을 모릅니다.

1935년 10월 26일

비와 나

"날마다 비가 내린다, 네가 떠난 뒤로."
"네가 온 뒤로, 날마다 비가 내린다."
친구여, 두곳에 내리는 비는 내 기꺼이 책임질 터이나.
아무 소식도 없는 다른 한곳엔, 우산이나 부쳐줄까?

새들은 무사히 둥지에 들었을까? 사람은 여관에 잘 당도했을까?
내 근심은 푸른 하늘 끝까지 이어지니,
내일 아침에는 마당 가운데 유리잔에
오늘밤 내린 비 얼마나 찼는지 살펴야겠네.

1937년 5월

무제 5

산책을 하다가
단춧구멍의 쓸모에 감사했다,
그것이 비어 있었기에
들꽃 한송이 꽂을 수 있었으니.

꽃을 꽂으려니 문득
세상도 비어 있었다,
그것은 쓸모있었기에
네 느릿한 걸음 받아들였느니.

1937년 5월

무단(穆旦, 1918~77)

1918년 저장성(浙江省) 하이닝현(海寧縣)에서 태어났다. 본명은 자량정(查良錚)이다. 1940년대 중국 모더니즘 시를 대표하는 '구엽파(九葉派)'의 일원으로, 최근 중국에서 가장 주목받는 현대 시인의 한사람이다.

무단은 1935년 칭화대학(清華大學) 외국어과에 입학하여 1940년 시난연합대학(西南聯合大學)을 졸업했다. 시난연합대학 시절 무단은 엘리엇(T. S. Eliot)과 오든(W. H. Auden)을 비롯한 현대 영미시인들의 작품을 읽고 배우며 창작의 꿈을 키웠다.

1949년 미국으로 유학 간 무단은 시카고 대학(University of Chicago)에서 영미문학을 전공, 석사학위를 취득했다. 유학 당시 결혼한 부인 저우위량(周與良)은 생물학 박사학위를 취득했다. 1952년 유학을 끝내고 귀국을 서두르던 무단 부부는, 한국전쟁으로 인한 미중 관계 악화와 생물학을 전공한 부인의 세균전 투입 가능성에 대한 미 당국의 우려로 출국허가를 받을 수 없었다. 지인들도 사회주의 정권이 수립된 중국으로의 귀국을 서두르지 말라고 충고했다. 하지만 그들의 귀국 노력은 계속되었고 1953년이 되어서야 지도교수와 지인들의 도움으로 홍콩으로 출국을 허가받을 수 있었다. 무단은 홍콩이 아닌 선전(深圳)과 상하이를 거쳐 베이징에 도착했고, 그해 5월 난카이대학(南開大學) 외국어과 부교수에 임용되었다.

귀국 이후 교육과 창작, 번역에 전념하던 무단은 반우파운동 과정에서 1958년 '역사 반혁명' 혐의로 교수직을 박탈당했다. 그는 난카이대학 도서관에서 허드렛일을 하면서도 바이런(B. Byron)과 뿌시킨(A. S. Pushkin)의 작품 번역에 몰두했다. 무단의 바이런과 뿌시킨 번역은 중국 번역사에 남을 만한 역작이었지만 문화대혁명이 끝날 때까지 그와 가족들의 삶은 비참하기 이를 데 없었다. 문화대혁명이 끝나가던 1976년 1월, 무단은 난카이대학 교정에서 자전거를 타고 가다 넘어져 넙다리뼈 골절상을 입는다. 그러나 제때 치료를 받지 못하고 고통에 시달리다가 수술을 앞둔 1977년 2월 병사하고 말았다.

시집 『탐험대(探險隊)』(1945) 『무단 시집 1939~1945(穆旦詩集1939~1945)』
(1947) 『깃발(旗)』(1948) 등이 있다.

야수

한밤중에 사납게 우는 소리
누구에게, 누구에게 물려 상처 입은 것인가?
단단한 살 속 그 깊디깊은
피의 도랑, 피의 도랑이 허옇게 죽어가는
꽃에, 청동처럼 푸른 피부에 물길을 내었으니!
얼마나 대단한 기적인지, 보랏빛 피의 바다 속에서
부들부들 떨며 일어나 뛰어오르고
바람은 그 고통스러운 호흡에 채찍질을 하는데.

하지만, 그것은 맹렬한 불꽃이었다,
죽음에 맞서는 축적된 야성野性의 잔혹함이었다,
거친 들판 가시덤불 속에서,
성난 물결 끝도 없이 파도를 감아올리듯
그는 온몸의 힘을 쥐어짜고 있었다.
암흑 속에서, 한가닥 처절한 부르짖음과 함께
별빛처럼 예리한 눈으로,
무시무시한 복수의 빛을 뿜어내고 있었다.

1937년 11월

*"야수"는 거듭되는 패전에 신음하는 중국의 상징이자 울분하는 시인의 상징이다. 무단은 자신의 시대를 죽음에 맞서는 잔혹함이 요구되는 시대라 인식했고, 죽음의 순간에도 복수의 빛을 뿜는 야수의 생명력이야말로 민족과 개인의 운명을 결정짓는 내적 근거라고 생각했다. 깊디깊은 피의 도랑, 허옇게 죽어가는 꽃, 청동처럼 푸른 피부, 보랏빛 피의 바다 같은 치명적 유비는 생존의 처절함과 절박성을 강화하는 계기이며 야수의 형상은 초월적 자아의 각인이다. 중일전쟁의 암울한 전망 속에서 민족과 시대의 운명에 절망하며 그 고통을 상처 입은 "야수"의 형상으로 표출한 무단의 초기작이다.

뜰

따스한 흙에서 뻗어나와
가녀린 가지 하늘 향해 펼친 숲은
일렁이는 금빛 햇살에 몸을 씻고.

채 마르지 않은 수채 물감처럼 푸른 하늘은
초록으로 뒤덮인 키 낮은 돌담과 맞닿아,
서늘한 여름날 새벽을 고즈넉이 감싸고 있다.

모든 것들이 이 작고 작은 공간에 담겨 있다,
비를 품고 있는 뭉게구름이 저기
서산 밑에서 북적대는 소도시에 웅크리고 있다.

총총히 왔다가 또 그렇게 가버릴 나처럼,
무성한 나뭇잎 사이에 숨은 낯선 제비들이
끝도 없이 똑같은 노래를 지절대고 있다.

잡초 무성한 이 문 앞을 나설 때,
안에 갇히는 건 지나간 날들이겠지,
파릇한 풀잎 같은 우울과, 붉은 꽃 같은 청춘.

1938년 8월

* "뜰"은 유년과 청춘의 기억이 간직된 평온하고 애틋한 공간이다. 따뜻하고 부드러운 흙, 금빛 햇살, 짙푸른 하늘과 초록 돌담이 이 공간에 응축되어 있다. 그러나 이 작은 경험의 공간은 확장되어야 한다. 그것이 비를 품은 불길한 공간이라 해도, 총총히 가버릴 짧은 인생이라 해도, 청년은 문을 열고 나가야 한다. 뜰 안의 평온은 뜰 바깥의 현실에 의해 언제라도 깨질 수 있기 때문이다. 붉은 꽃 같은 청춘의 시간에 목이 멜지라도 세상으로 나가야 한다. 스무살 시인은 청춘의 한가운데서 이 청춘이 우울하리라 예감한다.

어린 시절

가을밤 등불 아래서 역사책을 넘긴다……
창밖은 오늘밤의 달, 오늘밤의 세상일 것이나
끝도 없이 뻗어 있는 장미꽃 길에는
화려한 색깔과 진귀하고 농밀한 향기가 진동하니.
여정을 달려온 나그네는 손으로, 발로
탐욕스레 이 사악한 꽃송이를 어루만지네.
(아, 걸음마다 떨어지는 그의 선혈!)
그의 푸른 심장에 스며든 독한 즙액이
발효되면, 한잔 진한 술로
빚어질까? 한모금만 마셔도 본래의 모습을 잃어버리는.
어쩌면 그는 늙은 전마戰馬처럼
무수히 상처를 입고, 멍하게 울어버릴지도 모를 일.

지금 나는 문득 역사의 한 페이지에 멈춰서서
스스로 경험하지 못한 세상의 발자국을 찾는다
혼돈의 시대, 인류는 아직
한 무리의 희미한, 먼 곳에서 던져진 그림자로,
어렴풋하고 사랑스럽게, 내 마음에 던져졌으니.

비가 오고 날이 개고, 모든 것들이 광활하고 끝없이
모든 것들이 번식을 시작하고 서로 뒤섞였으니.
황당하게 많은 들짐승들이 운무 속을 뛰어다니며

(그때에는 운무가 땅 위를 선회했으니,)
건장하고 자유롭게, 장난을 치듯
땅속에서 쉼 없이 솟구치는
뜨거운 용암 속으로 헤엄쳐갔으니, 얼마나 많은 야성의 힘이
얼마나 많은 초기의 산천山川들이 묻혀 있을까,
이 아름다운 화석化石으로. 하지만 이제 들짐승들
사라져버리고, 분화구는 세월에 부대껴
차갑게 말라버렸으니, 누런 공백으로 남아 있는 한 페이지는
십년 전 친구와 내 이야기를 기다리고 있다.

등불 아래서, 온몸 주변에서 기복起伏하는
그 고통스러운, 시끄러운 인간 세상의 소리를 듣는 자 누구인가?
오늘밤의 한 모퉁이에 쌓여가는, 그리고 내가
바라보며 기다리는 나의 장미꽃 길과, 침묵.

1939년 10월

---

*1939년에 쓴 이 시의 제목은 '그리움(懷戀)'이었으나 시집 『탐험대』에 수록되면
서 '어린 시절(童年)'로 바뀌었다. 시인은 인류사의 관점에서 인간의 '어린 시절'
을 상상한다.
"역사책을 넘"기며 "오늘밤의 달, 오늘밤의 세상"에 주목하는 것은 절묘한 도입

이다. 인류사의 긴 여정을 지나 현재에 이른 "나그네"(현대인)는 화려함과 향기에 취해 한모금만 마셔도 본성을 잃게 하는 문명의 치명적 독성을 의식하지 못한다. 그러나 '인류의 어린 시절'은 인류가 아직 한 무리의 희미한 "그림자"에 불과했던 "혼돈의 시대"였다. '인류의 어린 시절'은 순수하지도 낭만적이지도 않았다. 모든 생명체가 자유롭게 번식하고 번영하는 낙원의 풍경처럼 보이지만 그 속에는 수많은 위험이 도사리고 있어 인류 유년의 "야성의 힘"을 "화석"으로 굳혀버린 고통스럽고 시끄러운 역사였다. 인류사의 과거와 현재가 이런 것이라면 나와 친구 앞에 남아 있는 한 페이지, 시간이 흐르고 쌓여 다시 역사가 될 '우리'의 "어린 시절"은 무엇으로 채워야 하나. 시인의 "침묵"은 자신의 길이 더이상 과거처럼 피 흘리고 상처받는 길이 아니기를 바라는 진심의 표현일 것이다.

혹한의 섣달 저녁에

혹한의 섣달 저녁에, 북방 평원에는 바람이 휘몰아치고

보리도 조 이삭도 벌써 마을로 들어가버린, 북방의 들녘은 바싹 메말랐으니

한해의 끝에서는 짐승들도 휴식하고, 마을 밖 작은 시내도 얼어 붙었네,

오래된 길 위에서, 종횡으로 펼쳐진 들녘에서 반짝이는 등불 하나

듬직하고 주름 가득한 얼굴로,

그는 무엇을 생각하나? 그는 무엇을 하고 있나?

이리 친근한, 끼익끼익 소리나는 바퀴에 압사당한 길 위에서.

바람은 동으로 불고, 바람은 남으로 불고, 바람은 나지막한 길 위를 맴도는데,

격자창 문풍지에 흙먼지 쌓여가는데, 우리는 초가지붕 아래 잠이 들었네,

누구네 아이가 놀라서 우는 것인가, 앙―앙―앙― 지붕에서 지붕으로 전해오는 소리,

저 아이도 자라면 우리처럼 누워서, 우리처럼 코를 골겠지,

지붕에서 지붕으로 전해지는, 바람

세월은 이리도 길고 길어

우리는 다 들을 수 없었네, 우리는 다 들을 수 없었네.

불이 꺼져버렸나? 숯을 헤집어 불을 꺼버린 것인가? 어떤 음성

이 말했네,

우리 조상님들 이미 잠드셨네, 우리와 멀지 않은 곳에 잠들어 계시네,

모든 이야기는 이제 끝이 나고, 횟빛 재만 남았네,

위로조차 없는 우리들 꿈속으로, 그분들 오고 또 가신 후에

　　문 앞에는, 오래된 낫과

　　호미, 멍에, 맷돌, 짐수레가

　조용히, 쏟아지는 눈꽃을 맞고 서 있네.

1941년 2월

*"혹한의 섣달 저녁" 같은 현실보다 무서운 것은 그것이 누대로 되풀이되어온 상황이며 이후로도 계속되리라는 예감이다. 시인이 느끼는 현실의 무게는 "섣달 저녁"이라는 시간과 "북방"이라는 공간으로 교직된 '긴긴 세월'의 무게였다. 현실의 무게는 "길"에 의해 부단히 재생산되고 "주름 가득한 얼굴"의 평범한 사람들이 그 "길"에서 생존을 도모해왔다. 이 평범한 삶은 "우리" 모두의 삶이며 긴긴 세월 되풀이되었다. 숯불마저 꺼져버린 듯 재만 남은 현실은 "우리"만의 것이 아니라 멀지 않은 데 잠들어 계시는 "조상들"의 현실이자 어느 집 "아이"의 현실이다. 그래서 꿈조차 위로가 없다. 매일매일의 고단한 삶이 눈을 맞고 서 있는 노동의 도구들처럼 변함없이 존재하기 때문이다. 섣달 저녁의 휴식은 고단한 일상의 보상이 될 수 없었다.

찬미

끝없이 이어지는 높고 낮은 산, 강물과 들판,
다닥다닥 셀 수도 없이 붙어 있는 마을, 닭 우는 소리 개 짖는 소리,
본시 황량했던 아시아의 땅 위로 끊임없이
망망한 들풀 새로 윙윙 불어오는 메마른 바람,
무겁게 내려앉은 먹구름 아래로 단조로이 동으로 흐르는 물길,
어둑한 숲 속에 묻혀 있는 무수한 연대年代
그들이 조용히 나를 껴안는다.
말로 다 할 수 없는 이야기는 말로 다 할 수 없는 재난, 침묵하는 것이
사랑이니, 그것은 하늘을 나는 매떼,
말라버린 눈동자가 기다리는 뜨거운 눈물,
정지된 것 같은 회색빛 행렬이 먼 하늘 끝으로 기어오를 때
내게는 너무 많은 말들과 참으로 오래된 감정이 있어,
나는 황량한 사막과 울퉁불퉁한 길과 노새가 끄는 수레로,
나는 작은 쪽배와 온 산 가득한 들꽃, 비 오시는 날의 하늘로
나는 모든 것으로 그대를 끌어안겠네, 그대,
어디서나 만나는 인민이여,
치욕 속에서 살아가고 있는 인민, 등이 굽은 인민이여,
나는 피 묻은 손으로 그대들 한사람 한사람을 끌어안겠네,
한 민족이 이미 떨쳐일어났으므로.

농부가, 그 거친 몸뚱이가 밭에서 움직이고 있다,
그는 한 여인의 아들, 수많은 아이들의 아버지,

얼마나 많은 왕조가 그의 곁에서 일어나고 또 스러졌던가
그의 몸을 짓눌렀던 희망과 실망,
그는 언제나 말없이 쟁기 뒤를 맴돌며
자기 조상을 녹여버린 똑같은 흙을 갈아엎었네,
똑같은 수난의 형상이 길가에 응고되었네.
즐거운 노랫소리 몇번이나 길 위를 지나가고
그 뒤를 따라 몇번이나 근심 걱정이 찾아왔던가,
사람들은 큰길에서 연설을 하고, 외치고, 즐거워했지만
그는 아니었네, 그는 다만 고대의 쟁기를 내려놓고
다시 한번 그 말을, 대중을 녹여버린 사랑이라는 말을 믿었네,
꿋꿋이, 그는 죽음 속으로 녹아드는 자신을 보았네,
하지만 이 길은 끝도 없이 유장했으니
그는 맘껏 울 수가 없었네,
그는 울지 않았네, 한 민족이 이미 떨쳐일어났으므로.

뭇 산들의 포위 속에, 파란 하늘 아래,
그의 마당을 지나는 봄날과 가을날에,
깊은 골짜기에 숨겨진 가장 함축적인 슬픔 속에서,
늙은 아낙은 아이를 기다리고, 수많은 아이들은 배고픔을
기다리네, 배고픔을 참고 있네,
언제나처럼 길가에 모여앉은 검은 초가들,
알 수 없는 두려움,

삶을 침식해가는 대자연의 흙,

그는 떠났지만 뒤돌아보며 저주하지 않았네.

그를 위해 나는 모든 사람을 껴안으려 했으나,

그로 인해 나는 포옹이 주는 위로를 잃어버렸네,

그로 인하여, 우리는 행복할 수 없었으니

목 놓아 울어야겠네, 그의 몸에서 우리는 목 놓아 울어야겠네,

한 민족이 이미 떨쳐일어났으므로.

변하지 않는 것은 이 유구한 연대의 바람,

변하지 않는 것은 이 무너진 처마 밑으로 흩어지는

끝도 없는 신음과 추위,

그것은 메마른 나뭇가지 끝에서 노래하고,

황무한 소택지, 갈대와 벌레 울음 사이로 불어온다,

변하지 않는 것은 날아가는 저 까마귀 울음소리

이곳을 지나며 나는 길 위에서 머뭇거렸네,

오랜 세월 치욕스러운 역사 때문에 머뭇거리며

아직도 이 광대한 산하 가운데 기다리네,

기다리네, 우리에겐 말하지 않은 아픔 너무 많지만,

그러나 한 민족이 이미 떨쳐일어났으므로,

그러나 한 민족이 이미 떨쳐일어났으므로.

1941년 12월

* 외세에 맞서 떨쳐일어난 "민족"을 향해 부르는 시인의 가슴 벅찬 송가(頌歌)이다. "민족"은 어디서나 볼 수 있는 인민의 형상, 농부의 형상으로 무수한 연대에 걸쳐 존재를 드러낸 적도, 자기주장을 한 적도 없었던 사람들이다. 그들은 삶의 공간 어디에나 존재하며 침묵할 수밖에 없었던 치욕의 증인이었지만 이제 "민족"의 이름으로 만난 그들은 "한사람 한사람" 벅찬 감격으로 안아야 할 새로운 존재들이다. "민족"이 되기 이전 누대로 고통받고 무시당하던 삶은 "민족"의 운명적 동질성이다. 왕조가 바뀌고 정치체제가 바뀌어도 변하지 않는 운명은 "큰 길에서 연설을 하고, 외치고, 즐거워했"던 자들의 기만적 행위 때문이었다. 그러나 길 위에서 "사랑"을 외치던 자들은 사라졌고 농민은 여전히 '유장한 길'처럼 남아 "민족"의 이름으로 일어났다. 그들은 "알 수 없는 두려움"을 재생산하는 대자연의 지배와 "배고픔", 신음과 추위, 치욕스러운 역사 속에서 "말하지 않은 아픔"을 딛고 일어났다. 이제 오늘은 어제와 다르다. "한 민족이 이미 떨쳐일어났으므로."

시 여덟편

1

네 눈은 이 화재火災를 보고 있지만
너에겐 내가 보이지 않네, 내가 너 때문에 붙인 불이건만
아, 저기 불타고 있는 것은 성숙의 시간일 뿐이네,
너의, 그리고 나의. 우리 사이에는 첩첩 산이 가로놓인 것만 같
으니!

변해가는 자연의 질서 속에서
나는 잠깐 동안의 너를 사랑했던 것.
설령 내가 울다 재가 되고, 재가 되어 다시 태어난다 해도
아가씨여, 그건 다만 하느님이 자신을 희롱한 것일 뿐이니.

2

강물과 산석山石 간에 너와 내가 가라앉는다 해도,
우리는 죽음의 자궁 속에서, 성장하리.
무수한 가능성 속에서 변형된 생명 하나는
영원히 그 자신을 완성할 수 없다네.

나는 너와 이야기하고, 너를 믿고, 너를 사랑했으나,
지금 나는 내 주인님이 비웃는 소리를 듣네,

그분은 부단히 또다른 너와 나를 보태심으로
우리를 더욱 풍성하게 또 위험하게 하셨으니.

3

네 나이 속 작은 야수는
봄날의 풀처럼 호흡하며,
너의 색깔과 향기와 풍만으로
따스한 어둠속에서 너를 미치게 하네.

너의 대리석 이성理性의 전당을 뛰어넘었으나
나는 그 속에 묻힌 생명을 소중히 아꼈네.
너와 내 손이 닿았던 한조각 풀밭에는,
그것의 고집스러움과 나의 경이로움 있었네.

4

우리는 조용히,
언어가 밝히는 세상에서 포옹했지만
저 형태를 갖추지 않은 어둠이 두려워라,
가능한 또는 불가능한 그것이 우리를 미혹케 하니,

우리를 질식시키는
태어나기도 전에 죽어버리는 달콤한 언어,
그 자욱한 유령이 우리를 유리遊離시키고,
혼란스러운 사랑의 자유와 아름다움 속으로 유영하게 하네.

5

서편에 석양이 지고, 산들바람 불어오는 들녘,
얼마나 오래된 원인이 이곳에 쌓여 있는가.
사물을 움직이는 그것이 내 마음을 움직여
가장 오래된 시작으로부터 너를 향해 흘러가니, 편히 잠들라.

숲을 이루고 바위를 우뚝 서게 한 그것이,
지금 나의 갈망을 길이 남기리니,
그 과정에 드러나는 모든 아름다움은
내가 너를 사랑하는 방법이 되게 하고, 나를 변화시키리.

6

비슷한 것과 비슷한 것은 권태가 되고,
다른 것들 사이에는 낯섦이 굳어 있으니,
그토록 위험한 좁은 길에서,

나는 그 길을 여행하는 자신을 만드네.

그는 나의 지시를 따르며, 존재하네,
그는 나를 고독 속에 버려두며, 보호하네,
끊임없는 추구는 그의 고통
얻고 나면 반드시 떠나버리는, 너의 질서.

7

폭풍우, 먼 길, 외로운 밤,
상실, 기억, 영원한 시간,
어떤 과학으로도 떨칠 수 없는 두려움이
네 품에서 나를 안식케 하니─

아, 너도 뜻대로 할 수 없는 마음속에서
명멸하는 너의 아름다운 형상,
거기서, 네 고독한 사랑이
꼿꼿이, 나와 나란히 자라는 것을 보았네!

8

더이상 가까운 접근은 없으니,

모든 우연이 우리들 사이에서 형태를 갖추고,
찬란한 나뭇가지를 지난 햇살만이
간절히 바라는 두 마음으로 나뉘고, 하나가 될 수 있다네.

계절이 바뀌면 각자 떨어지겠지만,
우리에게 생명을 준 나무는 언제나 푸르니,
우리를 향한 그의 잔인한 조롱
(그리고 눈물)은 하나 된 뿌리 속 평온이 되리.

1942년 2월

---

*무단의 대표적인 사랑 시다. 시의 주제를 짐작하기 어려운 제목, 함축적인 시어,
절제된 감정, 이성적 분위기는 전체 시를 일관하는 특징이자 1940년대 무단 시
의 보편적 경향이기도 하다.
첫번째 시는 교감하지 못하는 일방적 사랑의 슬픔이다. "화재"처럼 예측 불가능
하고 강렬한 사랑의 감정은 오직 "나"의 것일 뿐 "너"는 나를 바라보지 않는다.
너와 나 사이에는 산이 가로놓인 것 같다. 두번째 시는 사랑에 대한 확신과 그 사
랑의 위험한 운명을 노래한다. "죽음의 자궁" 속에서도 자라날 사랑에의 확신은
'한 생명'으로는 "완성"할 수 없는 사랑의 속성에 대한 믿음 때문이지만, 우리 사
랑은 운명의 시험을 받아야 한다. 세번째 시는 그럼에도 불구하고 뜨겁고 맹목
적일 수밖에 없는 젊은 날의 사랑 노래다. "작은 야수"처럼 "이성의 전당"을 넘
어버리는 젊은 날의 사랑은 경이 그 자체다. 그러나 젊은 날의 사랑은 말 한마디
가 서로를 갈라놓을 수도 있는 '혼란스러운 자유와 아름다움'임을 네번째 시는
경고하고 있다. 다섯번째 시는 사랑이 주는 안정과 평온을 노래하지만 그것은

곧 여섯번째 시에서 묘사되는 이해와 몰이해 사이의 끊임없는 반복 — 권태와 낯섦 — 으로 변하고, "나"는 고독과 어긋남 속에서 "너"의 질서에 편입되어간 다. 사랑의 시간은 수많은 두려움의 시간이지만 사랑하는 이들은 그 과정을 통해 위로받고 성장하고 하나가 된다. 폭풍우, 먼 길, 외로운 밤, 상실, 기억, 영원한 시간을 함께한 후의 사랑은 "더이상 가까운 접근"이 없는 '간절한 마음'이 되고, 흔들리지 않는 "하나 된 뿌리"의 평온을 향유하게 된다.

지혜의 노래

나는 이미 환상의 끝까지 와버렸다,
이곳은 낙엽 떨어지는 숲 속,
나뭇잎 하나하나에는 기쁨이 하나씩 새겨져 있으나,
이제 누렇게 시들어 마음속에 쌓여가고 있다.

어떤 기쁨은 청춘의 사랑이었다,
그것은 아득한 하늘 끝 찬란한 별똥별이었다,
어떤 것은 갈 바를 모르다가 영원히 사라져버렸고,
어떤 것은 발밑에 떨어져 차갑게 굳어버렸다.

또 어떤 기쁨은 신나는 우정이었다,
활짝 핀 꽃은 가을이 올 것을 알지 못했고,
사회의 구조가 혈기를 대신하면서,
생활의 차가운 바람이 열정을 실제實際로 굳혀버렸다.

또 어떤 기쁨은 매혹적인 이상理想이었다,
그것은 가시밭길도 마다않고 우리를 걷고 또 걷게 했다,
이상 때문에 고통스러웠으나 결코 두렵지 않았다,
두려운 것은 이상이 웃음거리가 되는 것을 보는 것이었다.

이제 고통만 남았다, 그것은 일상의 삶이 되어
날마다 오만했던 자신의 과거를 징벌하고 있다,

그 찬란했던 하늘조차 비난을 받고 있으니,
어떤 색깔이 이 황량한 들판에 남아 있으랴?

그러나 오직 지혜의 나무는 시들지 않았다,
그것은 내 쓰디쓴 즙액을 양분 삼고 있으니,
그 푸른 잎은 나에 대한 매정한 조롱인 셈이다,
나는 그 모든 잎들의 성장을 저주한다.

1976년 3월

---

*시인이 사망하기 약 1년 전에 쓴 미발표작이다. 무단은 교수직을 박탈당한 1958년부터 1974년까지 시 쓰기를 중단했다가 1975년 창작을 재개했다. 1976년에 27편의 시를 썼고 이 중 일부 작품이 사후 『시간(詩刊)』과 『대공보·문학(大公報·文學)』 등에 발표되었다.

이 시는 1958년 이후 시인으로서의 삶을 살 수 없었던 무단의 회한과 만년의 혜안을 보여준다. 인생 전반을 담담하고 진솔하게 반추하고 있는 이 작품은 각 연을 4행으로 구성, 한행을 중국어 기준 11자 내외로 제한하는 특유의 형식미를 구현하고 있다. "나는 이미 환상의 끝까지 와버렸다"라는 시인의 단언은 "사랑" "우정" "이상"을 삶의 "기쁨"으로 확신하며 살았던 날들이 허무하고 덧없는 시간의 집적일 뿐이라는 자각에서 기인한다. 청춘의 사랑이 끝나고 우정조차 생활의 찬바람에 식었음을 깨닫고도 이상 추구를 두려워하지 않았다 자부하는 시인은 영원한 이상주의자일지도 모른다. 하지만 시인의 경험과 자각이 허무주의로 귀결되지 않고 인생에 대한 고뇌가 될 수 있었던 것은 끝내 포기하지 않은 "지혜"의 추구 때문이다. 인간의 지혜는 쓰디쓴 즙액 같은 경험의 산물이다. 지혜가

깊을수록 삶은 고통스러운 법이며, 인간의 어리석음과 맹목을 먹고 자란 "지혜의 나무"가 무성할수록 회한 또한 깊은 것이다.

정민(鄭敏, 1920~)

1920년 베이징에서 태어났다. 무단(穆旦)과 함께 1940년대에 활동했던 '구엽파(九葉派)'의 대표적인 여성 시인으로, 아홉명의 구엽파 시인 가운데 생존하는 유일한 인물로서 '마지막 잎새'라는 별명을 가지고 있다.

중일전쟁 중 베이징이 함락되자 가족과 함께 피난길에 올랐던 정민은 1939년 충칭(重慶)에서 고등학교를 졸업하고 쿤밍의 시난연합대학 철학과에 입학했다. 중국 최고의 학부가 모인 전시 연합대학에서 사상가 펑유란(馮友蘭)을 비롯하여 시인 원이둬(聞一多), 볜즈린(卞之琳) 등 시대를 대표하는 전문가들에게 사사했다. 그녀는 자신의 시적 방향 정립에 가장 많은 영향을 끼친 스승으로 시인 펑즈(馮至)를 꼽는다. 독문과 교수였던 펑즈로부터 니체(F. W. Nietzsche)의 실존주의 철학과 릴케(R. M. Rilke)의 시를 배운 정민은 무단, 두윈셰(杜運燮)와 더불어 '시난연합대학의 세 별'이라 불리며 지성과 감성의 균형을 이룬 시인의 꿈을 키워갔다.

1943년 대학을 졸업한 정민은 미국으로 유학, 브라운 대학(Brown University)에서 영미문학을 전공하여 1952년에 석사학위를 받았다. 유학 중 만나 결혼한 남편 퉁스바이(童詩白) 박사는 일리노이 주립대학(Illinois State University) 전기과를 졸업하고 귀국 후 칭화대학에 전기과를 설립한 중국 현대과학의 권위자이다. 1956년 남편과 함께 귀국한 정민은 중국 사회과학원 문학연구소를 거쳐 1960년부터 베이징사범대학 외국어학과 교수로 재직했다.

유학 중 작가 바진(巴金)의 도움으로 첫 시집 『시집: 1942~1947(詩集: 1942~1947)』을 냈다. 그러나 1950~70년대 정치적 소용돌이를 지나며 시집을 불태우고 절필했다가 문화대혁명 종결 후에야 창작을 재개했다. 이후 90세를 넘긴 현재까지 정민은 십여권의 시집과 이론서를 출판하며 활동하고 있다.

시집 『시집: 1942~1947(詩集: 1942~1947)』(1948) 『심멱집(尋覓集)』(1986) 『심상(心象)』(1991) 『새벽, 나는 빗속에서 꽃을 꺾었네(早晨, 我在雨裏探花)』(1991) 『정민 시집(鄭敏詩集)』(2000) 등이 있다.

금빛 볏단

금빛 볏단 늘어서 있는
가을걷이 끝난 들판에서
나는 피곤에 지친 수많은 어머니를 생각합니다.
해질 무렵 길에서 보았던 그 주름지고 아름다운 얼굴들
수확 날 키 큰 나무 끝으로 두둥실 달이 뜨면
어스름 저녁 빛, 먼 산은
우리 마음을 에워쌌으니
어떤 조각상도 이보다 고요할 수는 없었습니다.
위대한 피로를 어깨에 지고서, 당신들은
이리도 아득히 펼쳐진
가을 들녘에서 생각에 잠겼으니
고요, 또 고요. 역사 또한
발밑으로 흐르는 실개천일 뿐이라면
당신들은, 어느 곳에서
장차 인류의 사상思想이 되실까요.

1949년 4월

외로움

이 작은 종려나무는
일년 내내
여기, 내 집 문 앞에 서 있었던 것일까?
해질 무렵 햇살이
이끼 낀 초록빛 흙 속에 우두커니 서 있는
나무에 내려앉으면
나는 마치 요란한 파티에서 돌아온 것 같아.
나는 갑자기 세상에 떨어져
마음 저 깊은 곳,
여기서, 마치 심연처럼
세상이
사방에서 까마득히 나를 에워싸는 것을
느낀다.
어스레한 밤중에 눈을 뜬 것처럼,
내 눈은,
모든 것들의
가장 내밀한 정황을 들여다본다.
홀연 잠에서 깨어난 듯,
내 귀는
황혼녘 만물이
소곤거리는 것을 듣는다,
나는 홀로 세상과 마주하고 있다.

외롭다.

낮이 어둠속에 스러지고

나는 문 앞에 앉아 있다,

이 순간 처마 끝

하늘 위로 날아가는

희미한 웃음소리,

저 멀리 강변을 따라

거니는 모습,

그리고

물 한가운데를 쪼아대는 제비와

이제 막 수면을 덮기 시작한

이른 봄날의 나무가

보인다.

나는 바닷속 바위 두개를 생각한다,

누군가 그 바위들은 외롭지 않을 거라 했다,

함께 햇볕을 쬐고,

함께 물거품을 일으키고

함께 바다 위의 외로움을 지킬 것이므로,

하지만 내게 있어 그것은

정원에서

꼼짝할 수 없는 커다란 나무 두그루였다,

서로 팔뚝이 닿고

머리칼이 휘감긴다 해도
유리창 위
두개의 격자처럼
영원히 자기 자리를 지킬 뿐인.
아, 사람들은 왜 그리도
함께하는 삶을 갈망하는가,
이 육신 안에 저 육신이 존재하고,
이 영혼 안에 저 영혼이 존재한다면,

세상의 어떤 꿈은
누군가와 함께 꿀 수 있다는 것인가?
눈 덮인 산을 함께 오르고
유유히 흐르는 강가를 함께 걷는다고
다른 사람을
친구를, 심지어 사랑하는 이를,
맹세로 맺어진 그 사람을
자기 속에 담아두고,
그와 함께
생명이 그에게 명령하는 말을 듣고
생명이 그에게 드러내는 얼굴을 보며
그의 마음이 느끼는
공포와 고통, 동경과 즐거움을

함께 느낄 수 있을까?

내 마음속 수많은

별빛과 그림자 들은

아무도 볼 수 없는 것,

사랑하는 사람과 함께 걸으며,

나는 수많은 마귀와 귀신을 보고,

가장 이른 봄날의 향기를 맡으며,

날아오는 비구름을 보고,

지저귀는 꾀꼬리 소리,

비를 알리는 멧비둘기 소리를 들었으니,

다만 사람은 자신의

삶을 사는 것,

그 모든 것들은

바위 한개 한개,

나무 한그루 한그루가,

함께할 수 없는 꿈을 생각나게 할 뿐이었다.

나는 왜 언제나

커다란 나무에 붙어사는 나약한 등나무가 되려 할까?

나는 왜 언제나

낯선 사람들 속에 내던져진 것 같은 느낌일까?

나는 늘 기도했다,

자, 우리 함께해요

즐기거나

일하자는 것이 아닙니다

당신도 보았나요

내 마음속에 내리려는 한바탕 큰비를요!

외로움이 내게 다가올 때

세상은 무정하고 거칠게

성큼성큼 내 가슴으로 들어왔고

나는 그저 말없이 저 무성한 측백나무를 바라보며

그 둥근 나무의 몸이 열렸으면 했다,

완벽한 세상이

그 속에 나를 숨겨줄까?

하지만, 어느날

'외로움'이 한마리 뱀처럼 나를 갉아먹고 있음을 느끼면서

문득, 깨달았다.

나는

내 가장 충실한 동반자와 함께 있다는 것을,

온 세상이 얼굴을 돌리고,

온 세상 사람들이 나의 외침을 듣지 못한다 해도,

그것은 영원히 내 마음을 떠돌며,

조용한 빛 가운데

내가 세상 모든 것들을 보게 하고,

공중의 눈 하나로

방 안에 앉아 있는 나를,
그의 감정과, 그의 생각을 보게 하리라는 것을.
장난감을 가지고 놀던 아이 때에도,
사랑에 빠졌던 젊은 시절에도,
나는 늘 외로웠다.
우리는 수많은 길을 함께 걸으며
마침내
해질 무렵 희미한 불빛 속에서
긴 옷을 입은 '죽음'을 보았다
이제 네 가소로운 희망의 눈빛을
나무와 바위로부터 거두어들여라,
그것은 모두 말 못하고 귀먹어 소통할 수 없는 것,
불같은 고통 속에서
'경건한' 최후의 안식을 얻었던 누군가를 생각하며
나도 극도의 '외로움' 가운데
'생명'의 가장 엄숙한 의미를 찾으리,
그것은
겨울날 세찬 눈보라 속에서도,
삼킬 듯한 파도 위에서도,
쉬지 않고 저항하고 있으니
오라, 내 눈물아
내 아픈 마음아,

내 기꺼이 거기서 찢기고 짓눌린 마음
알고 있으니,
인간의 보잘것없고, 가소롭고, 비열한
모든 감정을 그의 무한함 속에 던져버렸네,
그리고 보았네,
생명은 본시 도도한 물줄기였음을.

1949년 4월

---

*익숙하던 일상과 사물이 낯선 시공간 속 이물(異物)로 다가오는 것은 "외로움"의 결과인가 원인인가. 사람들에 둘러싸여 있어도 외로울 수 있음을 알지만, 처절한 생존의 극지 같은 전쟁의 시대에 시인이 느끼는 "외로움"은 인간의 실존을 생각하게 한다. 어디에서 누구와 무엇을 하느냐와 무관하게 아무런 이유 없이 느끼는 외로움, 누구와도 소통할 수 없는 외로움…… 뱀처럼 나를 갉아먹는 외로움을 충실한 "동반자"로 받아들일 때 "생명"의 가장 엄숙한 의미를 찾을 것이라는 시인의 독백은 지금도 외로워 사람을 찾고 장소를 찾고 오락을 찾는 우리에게 충격을 준다. 아무도 볼 수 없는 "내 마음속" "별빛과 그림자"를 찾을 일이다.

연꽃 — 장다첸[1]의 그림을 보다

영원히 시들지 않을 것 같은, 이 한송이
잔에, 만개滿開의 즐거움을 가득 채우고서야 비로소
우뚝 솟은 산봉우리처럼 꼿꼿이
말로 형언할 수 없는 영원을 담고 있는

저 서두름 없이 펼쳐진 어린잎
깨끗한 마음에 품은 염원은
아스라이 물 위를 지나고서야, 세상을 마주했으니
싫어도 낡고 빛바랜 옷 걸쳐야 했다
그러나, 이 고통스러운 연주의
진정한 주제는 무엇인가? 이 휘늘어진
연 줄기는, 그대들 뿌리를 향해

축축 꽃송이를 드리우고도, 바람에 꺾인 것 아니라 하네
비의 흔적 아니라 하네, 오히려 그것은 창조자의 손으로부터
받아낸 더 많은 삶, 이 엄숙한 부담.

1949년 4월

---

1 張大千(1899~1983). 쓰촨성(四川省) 출신으로 치바이스(齊白石), 쉬베이훙(徐悲
鴻) 등과 함께 중국 근현대미술의 최고 거장으로 인정받는 화가이다.

*바람이 거칠고 사나울수록, 겨울이 춥고 길수록, 천지간에 핀 꽃 한송이도 기적
이 된다.

화가는 기적을 화폭에 담고, 시인은 그림을 시로 쓴다. 거장이 그린 연꽃은 시인
에게 영감을 준다. 인생의 거친 연못에 피었다가 지는 또 한번의 기적이 된다. 꽃
이 시들고 가지가 늘어져도, 그것은 치열했던 삶의 흔적일 뿐 실패의 잔해는 아
닌 것이다.

그대는 이제 가을날의 숲길을 끝까지 가셨습니다──징릉²을 애도하며

가을날 숲길은 맑기만 한데
어우러진 금빛 나뭇잎 사이 햇살이 서럽습니다
그대는 이제 가을날의 숲길을 끝까지 가셨습니다
서러운 햇살을 지나, 저쪽 끝에
낙엽으로 얼룩진 옷을 입고 그대 기다리고 계시네요

사랑은 죽지 않는 것
찬란한 국화는 죽음이 길러내었으니
황금빛 햇살을 토하며
그대에게로 갑니다, 그대 이제
가을날의 숲길을 끝까지 가셨으므로

당신의 마지막 사유는 영원한 신비가 되었습니다
시들어버린 금빛 국화
그 아픈 향기를 맡는 것처럼
아련히 퍼져가다가, 문득
그대 계신 숲길 끝에서, 사색과 기다림을 실어옵니다

1990년 2월

2 천징룽(陳敬容, 1917~89). 쓰촨성(四川省) 출신의 여성 시인으로 구엽파의 일원
   이다. 시 창작과 세계문학의 번역, 소개에 큰 열정을 쏟았지만 두번의 결혼에 실
   패하고 질병으로 고통받다가 1989년 말 세상을 떠났다.

*함께 울고 웃어본 적 없다 해도, 삶의 기억 때문에 누군가의 부재(不在)가 절대
 로 채울 수 없는 공허가 될 때 그들은 영원한 친구가 된다. 치열하게 시를 쓰고
 사랑하며 살았지만 사람들에게 불행한 여인으로 기억되는 시인 천징룽을 정민
 은 이렇게 추억한다. 가야 할 길을 끝까지 다 간 사람, 죽도록 사랑하며 살았던
 사람, 영원한 신비가 될 사유로 남은 사람…… 친구를 떠나보내고 짧은 가을날
 의 국화 같던 삶을 울어주는 정민이 있어 천징룽은 비로소 외롭지 않을지도 모
 른다.

공작선인장

꽃이 피어 있어야
칼에 베인 깃털은
캄캄한 유월 밤
검붉은 피를 뿜으리, 꽃송이엔
사막의 분노가 묻어 있으나
마음은
하얀 대리석, 용무늬 새겨진 대리석 기둥에는
피의 흔적 스며들지 않았으니
옥돌의 결백 아래
얼마나 울부짖고 신음했으랴
얼마나 창백한 청춘의 얼굴을 하였으랴
얼마나 의문하고, 얼마나 절망했으랴
꽃이 피어 있어야
피를 토하는 공작선인장
소리도 없고
아득한, 찌는 듯 덥고
앞을 볼 수도 없는 유월 밤 어둠속에 피어 있어야

1991년 7월

*개혁·개방의 낙관적 자유주의를 한순간 얼어붙게 만들었던 1989년 6월 4일 톈안먼의 공포는 씻을 수 없는 기억의 꽃으로 피어난다. 그날밤 핏빛 꽃송이처럼 사라진 청춘은 결백했다. 청춘은 피의 흔적조차 스밀 수 없는 단단한 기둥이요 옥돌이었다. 사막 같은 현실에 분노했던 청춘은 "의문"하고 "절망"하다가 칼에 베인 깃털이 되고 말았지만, 그 핏빛 꽃송이는 잠시라도 피어야 했다. 소리도 없고 아득한, 찌는 듯 덥고 앞을 볼 수도 없는 "유월 밤"의 어둠속에 피어야, 아직도 살아 있는 모든 이의 기억 속 꽃이 될 수 있다.

가을비에 젖어 밤은 깊어가는데 — 가을밤랑(朗)과의 작별에 부쳐

가을비에 젖어 밤은 깊어가는데
네게는 이제 계단에 떨어지는 낙엽 소리 들리지 않네
비는, 하늘에서나 세상에서나, 똑같이 무겁게
아프게 나지막이 속삭일 뿐이니

엷은 갈색 바닥을 사이에 두고, 우리는
긴 방의 두 모퉁이에 앉아 있었지만
우리를 가로막은 것은 성난 파도 출렁이는
바닷가였네, 나는 시무룩한 네 눈썹을 보고 있었네

운명은 우리에게 잠깐의 휴가를 주었을 뿐이니
주차장의 차 두대는, 잠시 서로를 의지하듯
길 양편에서, 가까워졌다 다시 멀어지는데
애야, 너는 이미 어미의 가로등을 떠난 것이지

네 귓전에선 뉴잉글랜드의 파도가 넘실대고
내 귓가에는 북방의 백양나무들 울어댄다
각자 삶과 죽음의 부름을 향해 나아가다가
짧은 순간 총망했던, 침묵의 만남

가을비에 젖어 밤은 깊어가는데

쥐 죽은 듯 고요한 밤과 메마른 나뭇잎
비는 또 유년의 기억에 젖어
비는, 하늘에서나 세상에서나, 똑같이 끊어질 듯 이어지는데

우리에겐 다 유년이 있었느니
좀더 가까웠던 너의 유년, 그리고 아주 먼 나의 유년이
오늘밤 가을비의 고요 속으로 모두 사라지고 있으니
그것은 잠들기 전이나 이별하기 전, 혹은 피날레 후의 평온인가

1996년 5월

---

*고희를 훌쩍 넘긴 노모가 태평양을 건너 아들을 만나러 왔다. 어쩌면 마지막일
지도 모를 만남에 어머니도 아들도 목이 멘다. 헤어지기 직전의 막막함처럼 늦
은 가을비가 내리고, 어머니도 아들도 말이 없다. 모자(母子) 사이 마룻바닥이 태
평양 같다. 인생이 주마등같다.
이 시는 1996년 『인민문학(人民文學)』 제5기에 발표된 연작시 「정민 근작—어
머니 하지 못한 말(鄭敏近作——母親沒有說出的話)」 중 한편으로, 1995년 늦가을 미
국에 정착한 아들을 만나고 돌아오기 전의 복잡한 심정을 담고 있다.

뉴한(牛漢, 1923~2013)

1923년 산시성(山西省) 딩샹현(定襄縣)에서 태어났다. 중국 소수민족인 몽골족으로 본명은 스청한(史成漢)이다. 중국 리얼리즘 문학을 대표하는 칠월파(七月派)의 일원으로 1941년부터 시를 쓰기 시작했다.

14세 이전까지 고향 농촌에서 성장했다. 원래 이름자 중 '청'은 '成'이 아닌 '承'(중국어 발음은 동일)이었으나 어린 시절 자신의 이름자 '承'을 정확히 쓰지 못하고 한획을 빼먹는 바람에 일등을 놓치게 되자 안타까워한 부친이 이름자를 '成'으로 고쳤다고 한다.

시안(西安) 국립간쑤중등학교(國立甘肅中學), 톈수이(天水) 제5중등학교 고등부(第五中學高中部)를 졸업하고, 1943년에 시베이대학(西北大學) 외국어과에 입학하여 중국공산당 지하조직에서 활동했다. 1946년 반국민당 학생운동을 하다 공무방해, 살인미수 등의 죄명으로 체포되어 징역 2년을 선고받고 한중(漢中)의 산시성(陝西省) 제2감옥에 투옥되었으나 보석으로 석방된 후 아내 우핑(吳平)과 함께 공산당에 정식 가입했다. 1948년 장편시 「아름다운 삶(彩色生活)」이 후평(胡風)의 추천으로 문예지 『진흙(泥土)』에 발표되면서 뉴한이라는 필명을 쓰기 시작했다.

중화인민공화국 수립 후 인민대학(人民大學), 인민문학출판사(人民文學出版社) 등에서 일하다가 1955년 후평 반혁명집단(胡風反革命集團) 사건에 연루되어 체포, 2년간 수감 생활을 했다. 1957년 석방되었으나 당적을 박탈당한 채 인민문학출판사에서 허드렛일을 하다가 문화대혁명 기간 중에는 후베이(湖北)의 샨닝문화부(咸寧文化部) 오칠간부학교(五七幹部學校)에서 5년 3개월간 노동개조를 받았다.

1979년 당적을 회복하고, 1980년 후평 반혁명집단 사건에 대한 명예회복이 이루어졌다. 1980년대 이후 『신문학사료(新文學史料)』 편집장, 중국시가협회 부회장 및 중국작가협회 전국명예위원 등을 역임하면서 활발한 창작활동을 전개해오던 중 2013년 9월 베이징 자택에서 노환으로 세상을 떠났다.

시집 『아름다운 삶(彩色生活)』(1951) 『사랑 그리고 노래(愛與歌)』(1954) 『온천(溫泉)』(1984) 『바다 위를 나는 나비(海上蝴蝶)』(1985) 『침묵의 낭떠러지(沈默的懸崖)』(1986) 『지렁이와 깃털(蚯蚓和羽毛)』(1986) 『뉴한 서정시선(牛漢抒情詩選)』(1989) 『뉴한 시선(牛漢詩選)』(1998) 등이 있다.

화난(華南) 호랑이

구이린桂林의
작은 동물원에서
호랑이 한마리를 보았다.

와글대는 사람들 틈에서
두겹 철창에 격리된
우리 속 호랑이를
보고 또 보았지만,
얼룩진 호랑이의 얼굴과
불꽃같은 눈동자는
보이지 않았다.

우리 속 호랑이는
겁 많고 실망한 관중을 등진 채,
점잖게 구석에 누워 있었다,
호랑이에게 돌을 던지는 사람,
호랑이를 향해 욕을 해대는 사람,
열심히 달래보는 사람도 있었지만
호랑이는 거들떠보지 않았다!

길고 굵은 꼬리를
유유히 휘두르는,

아, 호랑이, 우리 속 호랑이야,
울울창창한 숲을 꿈꾸느냐?
모욕당한 마음 때문에 실룩이느냐?
아니면 불쌍하고 가소로운 군중을 꼬리로 치고 싶으냐?

너는 건장한 네 다리를
벌려 당당히 서 있구나,
네 모든 발톱은
부서져,
짙은 선혈이 엉겨 있구나!
네 발톱은
사람들에게 묶여
생으로 잘려나갔느냐?
아니면 분노 때문에
그렇게 부서진 이빨로
(톱으로 네 이빨을 갈아버렸다고도 하던데)
끓는 피로 발톱을 물어뜯었느냐……

철창 속을 들여다보니
횟빛 시멘트벽에는
죽죽 피의 흔적들이
번개처럼 눈이 부시다!

이제야 알겠다……
나는 부끄러움에 동물원을 떠났다,
무심결에 들려오는
천지를 뒤흔드는 포효 소리,
매인 데 없는 한 영혼이
내 머리끝을 지나
하늘로 올라가는,
불꽃같은 얼룩무늬를 보았다
불꽃같은 눈동자,
거대한, 그러나 쪼개지고
피 흘리는 발톱!

1973년 6월

---

*1950년대에 시작된 뉴한의 정치적 고난은 문화대혁명 기간 정점에 이른다. 극단적 육체노동으로 사상을 재무장시킨다는 '노동개조' 정책은 지식인 통제의 효과적 수단이었고, 뉴한은 지속적인 감시와 노동에 시달려야 했다. '우리에 갇힌 호랑이'는 일체의 자유를 상실한 시인의 자아이며 분신(分身)이다. 사상과 육체의 자유는 빼앗겼더라도 영혼만은 침해당하지 않겠다는 의지의 상징이다. 온갖 모욕에도 아랑곳 않고 누워 있는 호랑이는 시인의 자존심을 대변하기에 모자람이 없다. 죽죽 피의 흔적을 남기면서도 자존을 잃지 않기 위해 분투하는 존재, 그

는 발톱이 생으로 잘려나가고 이빨을 톱에 갈리고도 여전히 천지를 뒤흔드는 포
효를 내면 깊숙이 감춘 맹수였다.

삼월 새벽

쪽빛 수면이,
한입 거품을 토해낸다,
호수 저 밑바닥 물고기떼가
하루의 행진과 노래를 시작함이다.

마을 곁 황무지가,
살짝살짝 흔들린다,
뾰족한 죽순이 단단한 지층을 향해
최후의 일격을 가함이다!

바람 한점 없는데,
대숲 가지와 잎이 쏴쏴 흔들린다,
잠 깬 새들이
이슬 젖은 날개를 퍼덕임이다.

창밖에서 반짝이는 빛의 줄기,
그것은 햇빛이 아니다,
작은 꿀벌이
훌쩍 복숭아꽃 가득한 언덕으로 날아감이다.

1973년

겨울날 벽오동

우리 집 문어귀에는
벽오동 한그루가 서 있습니다

강남의 겨울이면
큼직한 벽오동 잎
뚝뚝 떨어집니다
하지만 곧은 줄기는
여전히 봄날처럼 짙푸르고
가을날처럼 깨끗하게 빛이 납니다

높이 뻗쳐들어
희뿌연 하늘 두드리는
앙상한 가장귀
기운 가지 하나
굽은 가지 하나 없습니다

벽오동 가장귀
하나하나 주먹에 모아쥐고
찬 바람 씽씽 부는 데서
쉼 없이 흔들어대면
쟁쟁 금속성 소리가 납니다

찬 바람 속에서
입술을 떨며 노래하는 벽오동을 바라봅니다
나는 언뜻 깨닫습니다 우리네 슬기로운 조상님들이
왜 벽오동으로 거문고를 만드셨는지

벽오동, 벽오동아
네 목질은 예민하고 결은 고우니
심장과 근육에 신경이 가득한 듯
네 강인하고 유연한 성격은
거문고가 부르는 노래의 영혼이 되는구나

1974년

---

*뉴한은 일상 속 작은 사물, 사소한 생각의 갈피를 무심히 지나치지 않는다. 뉴한의 시는 그가 보고 듣고 느꼈던 모든 것이 자리를 잡고 주변을 살피며 의미를 갖게 된 삶의 결정(結晶)들이다. 아무것도 아닌 소재가 자기를 표현하기 시작하면 의미있는 삶의 체험이 되고 깨달음이 된다. "벽오동" 역시 주변에서 흔히 보는 평범한 나무다. 하지만 아직은 그 무엇도 아닌 오동나무를 보면서 시인은 거문고를 만든 조상의 마음을 더듬는다. 예민한 목질과 고운 결, 강인하고 유연한 성격의 벽오동이 장차 노래의 영혼을 담아낼 것이라는 시인의 상상이 평범한 나무에 비범함의 숨결을 불어넣는다. 나무가 자라고 솜씨 좋은 장인을 만나 단아한 거문고가 되고 아름다운 가락으로 거듭나는 일련의 과정이 파노라마처럼 펼쳐진다. 뉴한은 작고 보잘것없는 사물에 생명을 불어넣고, 또 그것으로부터 끊임없이 자기 삶의 생명력을 주입받은 시인이었다.

나는 조숙한 대추

어린 시절, 우리 집 대추나무의 대추 몇알은
언제나 너무 일찍 익어버리곤 했습니다.
할머니께서는 "저건 벌레가 속을 파먹은 탓이야"라고 하셨는데,
과연 그런 놈들은 금방 시들어버렸습니다.

—제목에 부쳐

사람들은
아주 멀리서도
한눈에 나를 알아보았다

나무 가득한 대추들이
하나같이 푸릇푸릇한데
나만 온통 빨간
눈이 아프고
마음이 아프도록 빨간 대추

벌레 한마리
가슴속을 파고들어
한입 한입
내 마음을 삼켜버린 탓이다

나는 이제 죽으리

시들어 떨어지기 전
하룻밤 새 초록을 붉게 물들여
서둘러 내 삶을 완성하리
나를 찬양하지 말지니……

이토록 서글픈 조숙早熟을 증오하노라
나는 어머니 나무 초록빛 가슴에
맺힌 피 한방울
상처 입은 피 한방울

나는 조숙한 대추
빨갛게 빨갛게
내 얼마나 초록빛 청춘이 부러웠던지

1982년

---

*속도의 경제가 찬양받는 시대에도 '조숙(早熟)'은 경계의 대상이다. 모든 존재
하는 것들의 아름다움은 시간과 관련된다. 그래서 삶의 '적당한 때'를 찾기 위해
노력하고, 가치 평가의 기준의 하나로 시간을 제외시키지 않는다. '가야 할 때'
를 알고 가는 이의 모습은 아름답지만 시절을 앞서 피는 꽃은 서럽다. 더 서러운
것은 조숙의 자각이다. 조숙의 자각은 비교와 환기의 결과지만 조숙 자체는 자
기 내면에 기인하기 때문이다.

2미터에 가까운 키, 회한 가득한 눈빛 때문에 사람들은 멀리서도 뉴한을 알아보았다. 시인이 겪었던 이십여년간의 정치적 재난은 가슴속을 파고들어 마음을 삼켜버린 벌레처럼 그를 너무 일찍 성숙시켰고 시인은 "조숙"한 대추의 서러움을 누구보다 깊이 자각했다. 이 시는 모든 "조숙"을 위한 시인의 애도이며 사라져버린 "청춘"을 위한 묵도였다.

바다 건너기

철새는 하늘에 문이 있음을 안다
날개를 펼치고
문을 활짝 열어젖히듯
먼 곳을 향해 날아간다

쉬지 않고 난다 난다 난다
한없이 드넓어 육지도 보이지 않는 바다 위에서는
저 어두운 섬들과 섬 위의 숲을 절대로 믿지 마라
적도赤道
바다 깊은 곳에 가라앉아 보이지 않아도
슬퍼하지 마라 두려워할 필요도 없다

오직 외로운 새만이
바다 건너 떠나가기가 어려워
수천수만개의 날개 함께 퍼덕이면
바다보다 넓은 하늘에
비상飛翔의 다리가 세워진다

1984년 5월

*우리는 날마다 망망대해 현실의 바다를 건넌다. 날마다 그 바다의 위협 속에 살아간다. '하늘의 문'을 지나 아득한 바다를 건너는 철새처럼 내일의 문을 믿으며 고단한 현실의 바다를 건넌다. 그 바다를 건널 때는 섬이나 숲에 내려앉아서는 안된다. 도중에 쉬어버리면 새로운 비상(飛翔)은 더 힘들어진다. 삶의 고비는 바다 밑에 가라앉아 보이지 않는 "적도"처럼 열심히 날아가는 자만이 넘을 수 있는 경계다. 현실의 바다 건너 떠나기가 어렵다면 수천수만개의 날개를 함께 퍼덕여 비상의 다리를 세울 일이다. 나의 날개는 너의 날개가 되고, 그것은 다시 우리의 날개가 되어 바다를 건너고 현실을 건널 것이다.

선녀봉─함께 배를 탔던 어느 청년의 이야기

혼자서 저리도 울창한 산꼭대기에 올라
오래전부터 경외해오던 선녀봉에 엎드려 절하고 싶었습니다

새벽부터 저녁까지
꼬박 하루를 산을 타고 재를 넘었습니다
사람들 말로는 해가 뜨고 지는 시각이
선녀봉의 자태 가장 빼어난 때라 하더군요

선녀봉에는
절도 없고
이정표도 없고
그녀에게로 통하는 오솔길도 없어서

한참을 걷고 또 헤매노라니
운무 가운데로 우뚝 솟은 봉우리 하나가
정말이지 선녀봉을 닮아
해 떨어지기 전에 서둘러 그곳에 도착했습니다
하지만 웅장하게 솟아 있는 큰 산을 보았을 뿐
선녀봉과는 조금도 닮아 있지 않았습니다

그래서 저는 외롭고 수척해 보이는 봉우리를 찾았습니다
외롭고 수척해 보이는 봉우리 중에

틀림없이 선녀봉이 있을 것만 같아서요
그런 봉우리는 정말로 많았지만
선녀봉을 닮은 것은 하나도 없었습니다

저는 마땅히 먼 곳을 응시하고 있는 봉우리를
찾아야 한다고 생각했습니다
그러나 내가 본 봉우리들 가운데
먼 곳을 응시하지 않는 봉우리는 하나도 없었습니다

저는 눈물 자국이 있는 봉우리를 찾았습니다
참으로 놀랍게도 말입니다
모든 봉우리에
얼룩얼룩 눈물 자국이 있었습니다

결국 저는 선녀봉을 보지 못했습니다
어쩌면 보고도 눈치채지 못한 것인지도 모릅니다
그래도 저는 후회하지 않습니다
진정 그토록 많은
험준하고 아름다운 산들을 보았으니까요

1984년 6월

* "선녀봉"을 찾는 청년은 인생의 지혜를 찾아나서는 구도자 같다. 청년은 지혜롭기 어렵다지만 이정표도 없는 길을 걷고 또 헤매며 청년은 묵묵히 "선녀봉"을 찾아다닌다. 청년에게는 처음부터 아무런 정보도 없었다. 인생도 이럴 것이다. 우뚝한 봉우리처럼 먼저 살고 간 사람들의 인생은 엎드려 절할 만해도 막상 우리 앞에 놓인 인생은 저마다의 외로움과 눈물 자국으로 얼룩져 있어 그것들 모두가 어우러져 험준하고 아름다운 산을 이루는. 모든 인생을 아우르는 절대적 지혜──선녀봉──란 처음부터 존재하지 않았을지도 모른다.

희망

사람들의 마음에는 동굴이 있다
희망은 그 깊은 동굴에 숨겨져 있는
한마리 새다

천성적으로 날기를 좋아하는 희망은 너무 답답해서
끊임없이 날개를 떨며 부딪친다
그 날카로운 부리로
떨리는 가슴을 쪼아댄다

희망이 마음을 뚫는다
그것은 핏빛 날개로
날아올라 하늘 무지개가 된다

1985년 7월

한혈마(汗血馬)

고비사막 천리를 달려야 물길이 있네
천릿길 황야를 달려야 초원이 있네

바람 한점 없는 칠팔월
고비사막은 불의 땅
오직 나는 듯이 달려야
네 다리로 하늘을 날아오를 듯이 달려야
가슴으로 바람결을 느끼고
수백리 뜨겁게 날리는 흙먼지를 지날 수 있네

땀은 메마른 모래 먼지가 핥아버리네
땀의 결정結晶은 말의 흰 반점이 되네

땀을 모두 흘려버리고
담즙을 다 흘려버리고
텅 빈 광야를 향해 질주하는 눈빛
실하게 뛰노는 가슴근육
자기 생명의 내부를 향해 말없는 도움을 청하고
어깨와 둔부로부터
방울방울 구슬 같은 피를 흘리니
세상에는
오직 한혈마만이

혈관과 땀샘이 서로 통하네

어깨 위에 날개는 없네
발굽에서도 바람 일지 않네
사람들의 아름다운 신화를 한혈마는 알지 못하네
그저 앞을 향해 내달릴 뿐이네
온몸이 붉은 구름 같은 혈기를 내뿜으며
눈에 막힌 비탈
얼어붙은 하늘을 뛰어넘으려고
쉴 새 없이 생명을 불사른다네

마지막 남은 피 한방울까지 흘려버리고
근육과 뼈대로 천리를 더 날아달리는

한혈마
생명의 정점 위에 쓰러져
눈처럼 하얀
꽃송이로 타오르는

1986년 8월

마지막 한사람 —— 마라톤 경기를 보고

관중들은
차츰 흩어지고 있는데

뭐지, 뭐지
또 한사람 뛰어오는데
운동장의 철문은
방금 닫혀버렸는데

한사람이 더 있으리라고는
마지막 주자가 있으리라고는
아무도 생각지 못했는데

그를 보니
나이는 쉰을 넘겼음직
머리칼은 듬성듬성
가슴팍엔 땀이 흥건한데
쭉 뻗은 다리에는
탄력이 넘친다

고개를 들고
철문 앞까지 달려온 그는
제자리뛰기를 하면서

두 어깨를 흔들어댄다
땀방울이 그의 발밑에서
반짝이는 작은 연못이 되고

다시 모여든 사람들이
그를 위해 환호하고 박수를 친다
골인 지점이
안에 있었으므로
수십개의 주먹이
(그중 두개는 내 것)
닫힌 철문을 두드린다

철문은
열리지 않는다

사람들 겹겹이 그를 둘러싼다
겹겹 가슴들은
갈수록 커져
그는 자력磁力을 띤 원의 중심이 된다
또 하나의 골인 지점이 된다

그가

정겹게 말한다
자기 뒤에
또 한사람 마지막 주자가 있노라고

---

* '꼴찌에게 보내는 갈채'를 연상케 하던 시는 마지막 연에 이르러 뜻밖의 반전을 연출하며 노시인의 여유와 해학을 보여준다. 인생은 이런 맛에 사는 거라고 이야기하는 것 같다. 누군가 정해놓은 골인 지점을 향해 옆도 뒤도 보지 않고 질주하는 삶만이 가치있는 인생이 아니라 스스로 자력(磁力)을 띤 원의 중심이 되고 또 하나의 골인 지점이 되어 인생의 레이스를 완주하면 되는 것이라고. 스스로 흘린 땀방울로 반짝이는 연못을 완성하는 것 또한 박수 받아 마땅한 인생이라고.

무제

2월
이른 아침
나 홀로
중국 남해안에 섰다

드넓은 하늘 머리에 이고
큰 바다를 바라본다
등 뒤로는 산이 우뚝

하늘땅 아득하고
만물은 빛난다
내 결코 스스로를 작다 여김이 아니다
나는 인간이다
꼿꼿이 서 있는 시인이다

바야흐로 내 마음속에
뜨거운 피처럼 시가 끓는 중이다
바다처럼, 큰 시
하늘처럼, 긴 시
산처럼, 걸출한 시
갈매기처럼, 날아오르는 시……

                                                1998년 3월

---

*애증(愛憎)의 땅 중국을 등지지 않고, 그 하늘을 머리에 이고 그 바다를 바라보면
서 꼿꼿이 선 채로 부르는 노래, 마음속 뜨거운 피로 쓰는 시. 가슴에서 끓는 그
의 시처럼, 뉴한은 바다처럼 큰 시인, 하늘처럼 드넓은 시인, 산처럼 걸출한 시인
으로 살다가 어느날 문득 갈매기처럼 날아올라 진정 자유로운 영혼으로 남았다.

창야오(昌耀, 1936~2000) ────────────────────

1936년 후난성(湖南省) 타오위안현(桃源縣) 출생으로 본명은 왕창야오(王昌耀)이다.

창야오는 가계(家系)적 배경에 있어 정치적인 재난을 타고난 시인이었다. 그의 아버지는 옌안(延安)의 항일군정대학(抗日軍政大學)에서 근무한 엘리트 군인이었으나 국공(國共)내전 중 탈영한 전과 때문에 정상적인 사회생활을 하지 못하다가 문화대혁명 기간에 익사했다. 그의 큰아버지 또한 1935년 12월 베이징 항일학생구국운동의 주역이자 중국공산당의 열성당원이었지만 1967년 티베트자치구에서 주자파(走資派, 공산당 내에서 자본주의 노선을 추구하는 실용주의자)로 몰려 사망했다.

창야오는 1949년 중학교 재학 중 상시군정간부학교(湘西軍政幹校)에 자원 입대했으나 적응에 실패하고 퇴소했다. 그러나 이듬해인 1950년 가족들 몰래 다시 입대를 신청하여 14세에 중국인민해방군 문예선전대원이 된다. 그해에 참전한 한국전쟁에서 부상을 입고 후송되어 허베이성(河北省) 상이군인학교(榮軍學校)에서 학업을 마쳤다. 1954년부터 시를 쓰기 시작, 1955년 칭하이성(青海省) 문인협회로 발령받은 창야오는 1958년 반우파투쟁 당시 우파로 몰려 칭하이성의 여러 개간지에서 20여년에 걸쳐 강제노역을 해야 했다. 1979년 명예가 회복된 후부터는 중국작가협회 칭하이지회 소속 전업작가로 활동하면서 1997년 이 지역 일급 작가로 추대되었다.

청년기 대부분을 칭하이성 고원지대에서 떠돌았던 창야오는 자연의 황량함과 시간의 불가사의한 흐름에 대한 깨달음을 시로 표현하고, 광활한 자연 속에서 살아가는 인간의 강인한 생명력을 노래했다. 중국 서부지역 '시의 신(神)'이라 일컬어지던 그는 2000년 3월 폐암을 앓던 중 병원에서 투신하여 생을 마감했다.

시집 『창야오 서정시집(昌耀抒情詩集)』(1986) 『운명의 책(命運之書)』(1994) 『한 도전적 여행자, 하느님의 모래판을 걷다(一個挑戰的旅行者步行在上帝的沙盤)』

(1996)『창야오의 시(昌耀的詩)』(1998)『창야오 시 전집(昌耀詩歌總集)』(2000)
등이 있다.

물새

물새야
파도 위를 날아올라
위태로운 바위 꼭대기에 머무는 물새야
소용돌이치는 물보라 속에서 숨을 쉬고
우르르 천둥 속에 날갯짓하는 물새야
이 파도를 잃는다면
너는 낙오한 말(馬)처럼 외로울 것이니
떨어진 너의 깃털 하나하나는
세찬 급류의 기운을 전하고
출렁이는 그 거대한 파도 소리,
자갈에 부딪히는 그 요란한 파도 소리를 생각나게 하는데……

1957년 8월 20~21일

---

*1957년 여름 시작된 반(反)우파투쟁은 약 1년간 55만명이 넘는 사람들을 우파로 지목하면서 중국 사회를 공포로 몰아넣었다. 창야오도 '우파'의 한사람이었다. 남의 일에 관심을 두지 않는 천성, 삶을 오직 창작에 도움이 되는 것과 그렇지 않은 것으로 구분하는 태도 때문에 그는 자신이 우파로 분류된 것이 전혀 이상하지 않았다 한다. 타인을 감시하고 고발하는 사람들 속에서 "나는 정치와 예술에 있어서 어린아이"라고 자처하던 창야오에게는 누구보다 먼저 우파의 낙인이 찍혔다.
물새는 태생적으로 파도나 천둥을 두려워하지 않는다. 물새의 생존 환경에는 안

전보다 위험이 상존하기 때문이다. 물새는 오히려 파도 속에서 외롭지 않다. 휴식조차 벼랑 끝 절벽 같은 물새는 시인 자신이며 자기 운명에 대한 불안한 예감이다. 1979년 모든 사회적 신분을 회복할 때까지 창야오의 삶은 파도와 절벽 사이를 오가는 아슬아슬한 노역이었다.

단풍

시월 단풍은 깃발 수술처럼 붉어라.
철쭉처럼 붉어라.
귀향하는 이 더운 가슴 보는 듯해라.

그러나 오늘 뚝뚝 피 흘리는 단풍 귀향하는 이를 비추는데.
그 사람은 어디로 돌아가야 하나?

1963년 11월 6일

바다 끝

 바다 끝 고비사막에는
천년 세월이 물길처럼 흐르네.
낙타의 혹이나
말의 등은
모두 황사黃沙에게 넘겨주고.
전설 속 인물들은 이제 난산¹ 일대에서
맨발로 쿤룬²의 붉은 해를 쫓고 있네.

1967년 12월 19일

---

1 南山. 간쑤성(甘肅省) 서부와 칭하이성(青海省) 북동부의 경계에 걸쳐 있는 산으로 면적 206,000제곱킬로미터, 길이 1,000킬로미터, 너비 200~300킬로미터, 평균 해발고도 4,000미터 이상이다. 원래 이름은 치롄산(祁連山)이며, 치롄은 몽골어로 '하늘'이라는 뜻이다.
2 崑崙. 칭하이성 거얼무(格爾木)에 있는 산맥. 산맥의 총길이는 2,500킬로미터이고 평균 해발 5,500~7,000미터, 폭이 130~200킬로미터에 이른다. 총면적은 약 500,000제곱킬로미터로, 칭하이와 간쑤, 두 성(省)이 티베트로 통하기 위해서는 이 산을 반드시 거쳐야 한다. 황하(黃河)의 발원지로, 중국 전설 속 성산(聖山)으로 알려져 있다.

＊사막은 또다른 바다의 시작이다.
 모든 물길이 끝난 그곳에는 천년의 시간이 흐르고 있다. 이제는 신화가 되고 전설이 되어버린 시간이 흐르고 있다. 뜨거운 모래사막을 맨발로 밟으면서도 매인데 없어 자유로운 영혼은 바다를 본다.

도시

흔들리는 도시.
햇살을 받아 동시에 번쩍이는 백만장 유리창 잎이
햇살을 등지고 동시에 소멸하는 백만장 유리창 잎이
흔들린다.
우뚝 솟은 빌딩 숲 골짜기로부터
여명과 황혼이
차례로 오버랩되며 흔들린다.
이렇게 흔들리는 것은.
석영질 육각형 결정체만이 아니다.

　도시는, 초원의
　장대한 구조물이다.
　대담한 욕망이다.

교회 십자가도 라마교 사원의 금색 지붕도 세워진 적이 없는
새로운 도시는,
정신적 상처가 무엇인지
지울 수 없는 낙인이 무엇인지
부활이 무엇인지 모른다.
새로운 도시는 흥분 상태다.
흥분 속에서,
기계의 마찰에 신음하는 그의 체적이 흔들린다.

그의 구름층과 전자파가 흔들린다.

날로 확대되어가는 그의 쓰레기 처리장이 흔들린다.

──지금껏 이렇게 골치 아픈 배설물은 없었다.

그러나, 새로운 문명과 새로운 재부財富가 흔들린다.

이렇게 흔들린다.

　　원형 광장에서,

　　회전목마가 흔들리고 있다.

　　광장 안 동일한 평면의 이도공간二度空間에서

　　아이들의 회전목마는

　　정오의 차량 행렬과 동일한 회전속도로

　　흔들리고 있다.

　　이렇게 흔들린다.

양치기의 뿔피리 소리는 점점 멀어져간다.

그리고 새로운 도시는 자부할 만한 위도緯度 위에

철근과 콘크리트로 자신의 위치를 확정 짓는다.

매일밤, 공중의 무수한 빛의 밀림 속에서

서정적으로,

양 뿔 나팔소리보다 감동적으로, 더욱 뜨겁게,

보다 영구적인 매력으로,

폭풍처럼 흔들린다!

　　　　　　　　1981년 11월 27일~12월 23일

*개혁·개방, 경제 부흥, 신화 창조의 화려한 구호가 만들어낸 신흥 도시의 본질은 이런 것이었다. 헛된 인생을 경계하라 교훈하는 종교도 없고, 정신의 상처가 무 엇인지 알려고 하지도 않으며, 수많은 콘크리트 구조물로 자신의 번영을 확인하 지만 자칫하면 도시 전체가 '흔들리는' 근본 없는 흥분 상태!

20년이 넘는 세월을 변방에서의 강제노역으로 날려버린 창야오가 목도한 도시 화의 현실도 바로 이런 것이었다. 위험한 매력을 발산하면서 스스로 만든 문명 과 재부(財富)를 쓰레기로 만들어버리는 욕망의 구조물! 어쩌면 현실의 중심으 로부터 너무 오래, 너무 멀리 떨어져 있었던 까닭에 시인은 이리도 유혹적이고 달콤한 변화의 본질을 단박에 알아차린 것인지도 모른다.

사람, 꽃, 그리고 검정 도기 항아리

1

황폐한 정원에서 꺾어온 살구꽃 다발(그 속에는 월하향이라는
작은 꽃이 섞여 있었고)은
아내의 손안에서 한참을 머뭇거려야 했다.
창가에는 놓아둘 만한 자리가 없었던 것이다.

2

차라리 제 가지에서 자라게 하는 편이 낫지 않았을까?
무엇하러 그것들을 아프게 했던가?
무엇하러 그것들을 절망케 하고 외롭게 하고 목마르게 하고 울
게 했던가?

아내는, 당신은 상관 말라 한다.

3

창가의, 저 도기 항아리는 꽃들에 가려 깊이를 알 수 없는 연못.
연못 속 차가운 물을 볼 수 없다……
연못 속 삐걱거리는 노 젓는 소리 들을 수 없다……
연못 속 신농씨³가 피우는 향초 향 맡을 수 없다……

세상만사 뜻대로 되지 않는 법.

인생을 질투해야 하나?……

1985년 4월 24일

---

3 神農氏. 중국 고대 전설상의 제왕으로, 농기구를 만들고 농사짓는 법을 인간에게
가르쳐주고 온갖 약초들을 직접 맛보며 약초와 독초를 구분하고 병을 치료하였
다 하여 농업과 의약의 창시자로 일컫는다.

인간의 무리가 일어선다

인간의 무리가 일어선다.

인간의 무리는, 겹눈들이 잠복해 있는 삼림이다. 엿보고. 기대하고. 함축적인.

인간의 무리가 움직인다.

사각지붕에서, 옥상 테라스에서, 역 출구에서…… 분할의 순간마다 그들은 움직임을 멈춘다, 그들이 보여주는 형상은 삼림이다.

연속의 순간마다 그들은 감격하고, 동요하고, 냉정하다……

각양각색 그들 옷차림이 알록달록 뒤섞인다.

그들이 보여주는 형상은 검은 삼림이다.

삼림에서 삼림까지

그들의 진중한 형상은 심리를 안정시키는 소질이었다.

1985년 8월 1일

---

*우파를 응징하고 대약진(大躍進)을 꿈꾸며 새로운 프롤레따리아 문화혁명을 외치던 위대한 인민은 지금 어디에 있는가. 환상에서 깨어난 인민은 "인간의 무리"일 뿐이다. 삼림처럼 어둑하고 거대하지만 겹눈 같은 본능으로 이해를 따지며 분할하고 동요하는, 각양각색 옷을 입어 알록달록해 보이지만 결국에는 욕망 하나로 수렴되는 검은 삼림.

알고 보면 이리도 단순한 삼림을 여태껏 지탱케 했던 단 하나의 "소질"은 무엇인가. "심리를 안정시키는" 비장의 무기, 함께 움직이고 함께 멈추고 함께 감격하고 함께 동요하고 함께 냉정하기.

저녁 종

행자行者의 육신은 내성內省의 과정 중에 마르고 쇠미하여 사라진
지 오래이나.
돈오頓悟에 이르지는 못하였으니.

아, 저 금빛 저녁 종 울리는 차디찬 가을 서리 속에서
어떻게 늙은이를 깨닫게 하나.
그 깨달음 서천西天의 불덩이처럼 추락하고 말 것을.

1985년 11월 18일

세상

조용한 밤.

대략 오분에 한번씩 쩡쩡 쇠망치로 모루를 두드리는 쇳소리가
멀리서 들려온다, 완곡하면서도 절도節度 있고 처량 맞다,
부정한 여인이 남편에게 매를 맞는 것처럼.

그러고 나면 잠깐의 고요.

이 밤은 투숙자에게 길기만 하다.

날이 밝아, 저잣거리 왁자한 소음에 섞여들면
너는 어떤 굴욕적인 발걸음도 가려낼 수 없을 것이다.

너는 그저 낯선 항구에서 수천수만 돛단배가 닻을 올리고 출항
을 서두른다 생각할 것이나.

너는 그저 닻을 올려 출항을 해야 살길이 있으리라 생각할 것이
나, 문득 호흡이 가빠올 것이다.

1986년 4월 9~13일

스즈(食指, 1948~)

1948년 산둥성(山東省) 차오청(朝城)에서 태어났다. 본명은 귀루성(郭路生)이다. 국공내전 기간 그의 부모가 행군 중 '길에서 낳았다(路生)'라는 의미로 붙인 이름이다. 문화대혁명 초기 홍위병으로 활동했던 스즈는 자기 세대가 겪었던 불행의 역사를 노래한, 세대의 아이돌 같은 시인이었다.

스즈는 중국혁명에 투신했던 당 간부 자제라는 출신 배경 덕분에 문화대혁명 초기에 1세대 홍위병으로 활동할 수 있었지만 정치적 관심보다는 금서를 읽고 문학 토론을 즐기는 심약한 소년이었다. 출신성분이 좋지 않아 차별받는 친구들에 대한 동정, 여리고 풍부한 감수성을 기초로 쓴 그의 시가 주목받기 시작하면서 점차 증대되는 홍위병들의 파괴적 역량을 예의주시하던 당국에 의해 사상반동 혐의를 받게 된다. 스즈는 무혐의로 풀려났지만 조사 기간 동안 겪은 공포와 불안은 이후 그의 정신세계에 큰 영향을 주게 된다.

1968년부터 대대적으로 전개된 상산하향운동(上山下鄉運動, 문화대혁명 동안 도시 홍위병들을 농촌으로 보내 노동에 종사하며 재교육하도록 한 정책)으로 스즈는 그해 12월 산시성(山西省) 싱화춘(杏花村)으로 하방되었다. 산시성 농촌에서 몇년을 보내고 1971년에 군에 입대한 스즈는 1973년 2월 정신분열 증상으로 제대했다. 이후 스즈는 정신병동 입원과 퇴원을 반복하며 살아야 했다. 병세가 호전된 1975년, 중국공산당 원로 리리싼(李立三)의 딸 리야란(李雅蘭)과 결혼했지만 7년 만에 파경에 이르렀다.

'스즈(食指, 집게손가락)'라는 필명은 1978년부터 사용하기 시작했다. 이 필명은 중국에서 시인으로 살아간다는 것이 무엇을 의미하는가에 대한 시인의 사고로부터 기인한다. 중국에서 시인은 글을 쓰는 행위나 일상적인 삶의 행위에 있어서 언제나 무형의 억압을 받고 있기 때문에 설령 누군가가 등 뒤에서 (식지로) 손가락질을 하더라도 그것에 영향받아서는 안되며, 인격이 건전한 시인에게는 어떠한 손상도 줄 수 없다는 뜻에서 쓰기 시작한 필명이다.

정신분열증 발병 이후 정상적인 사회생활이 거의 불가능했던 스즈는 사회복

지시설에서 주로 생활하던 중 열렬한 애독자 자이한러(翟寒樂)와 2002년 재혼했고, 정신적으로도 안정을 되찾아 현재 베이징 교외에서 평범한 일상을 살고 있다.

시집 『미래를 믿습니다(相信未來)』(1988) 『스즈·헤이다춘 현대서정시 모음집(食指·黑大春現代抒情詩合集)』(1993) 『시 탐색 보물창고·스즈권(詩探索金庫·食指卷)』(1998) 『스즈의 시(食指的詩)』(2000) 등이 있다.

운명

1

훌륭한 덕망이 절대로 거슬러받을 수 없는 지폐라면
더러운 명성이 절대로 벗어날 수 없는 족쇄라면
사실이 정말 이러하다면
차라리 나는 지루한 바다 위를 평생 떠돌겠네

어디 가서 튼튼한 거룻배를 구할 수 있을까?
그저 사방을 떠돌다가
친구 집 문을 두드릴 때
약간의 도움이라도 받을 수 있었으면

내 일생은 이리저리 뒹구는 마른 잎
내 미래는 이삭도 패지 않는 호밀일 것이나
운명이 정말 이러하다면
나는 들판의 가시나무 되어 목 놓아 노래하리라

가시나무가 내 심장을 찌른다 해도
뜨거운 혈장血漿이 불처럼 타오른다 해도
기어서라도 악착같이, 요동치는 강물로 들어갈 것이니
사람은 죽어도, 정신은 결코 침묵치 않을 것이니!

2

수줍은 미소는 취한 자를 달래주는 술이라네
홍조 띤 얼굴은 둥글고 씨 없는 사과라네
만약 비너스의 자태가 이런 것이라면
나는 이제껏 사랑의 간절함 느껴보지 못한 것이네

어떤 사람은 술을 마신 뒤에 더욱 고통스럽다 하고
어떤 사람은 사과에서도 때로 떫고 쓴 맛이 난다 하는데
친구여, 나는 모르겠네
이제껏 그런 맛, 본 적 없으니

명랑한 눈빛은 가도 가도 끝없이 뻗어 있는 길이 아닐까
깊은 눈동자는 피하려 해도 피할 수 없는 재난일 거야
네가 만약 이런 식으로 사랑하는 이를 선택한다면
사랑의 작은 배는 영원히 추파秋波에 요동할 것이니

요동치는 물결 가운데 영원히 머물려는 이 어디 있으랴
해안에 정박하지 않으려는 뱃사람 어디 있으랴
젊은이여, 마음을 가라앉히고
진지하게 생각하라, 하나하나 따져보아라

1967년

*홍위병은 문화대혁명을 전사회적 정치운동으로 확대시키는 데 결정적인 역할
을 했다. 1966년 하반기부터 1967년 초까지의 문화대혁명 초기에는 당 간부 자
제로 구성된 1세대 홍위병이 운동을 주도했다. 그들은 강렬한 우월의식을 바탕
으로 무자비한 폭력과 극단적 행동을 서슴지 않았고, 이후 '조반파(造反派)'를
자처하는 다양한 계파의 홍위병이 1세대 홍위병의 독점적 지위를 대신했다. 중
국 사회의 해이한 혁명의식 제고와 당내 반대파 제거라는 정치적 목적을 위해
홍위병을 동원했던 마오쩌둥은 점차 가중되는 사회 혼란의 책임을 홍위병에게
물으면서 대대적인 '상산하향(上山下鄕)'을 명령, 도시에서 홍위병을 축출했다.
농촌과 농민에게 직접 배운다는 그럴듯한 취지를 순진하게 받아들일 수밖에 없
었던 1700만명 이상의 홍위병이 문화대혁명이 끝날 때까지, 때로는 평생을 농촌
에서 살아야 했다.

스즈는 역사의 소용돌이에 휩쓸렸다가 순식간에 추방당한 홍위병 세대의 방황
과 불안을 몸소 겪은 시인이다. 현실에 뿌리내리지 못하는 그의 '떠돌이' 의식은
홍위병의 공통된 운명이었고, 좋았던 한때의 기억은 막막하고 이해할 수 없는
현실을 견디게 하는 유일한 양식이었다. 그들은 죽음보다 단단하고 힘있는 정신
을 신념했지만, 사실은 추파(秋波)가 무서워 제대로 사랑 한번 해보지 못한 어리
석은 영혼들이었다. 기왕에 쫓겨난 손재들이라면 이제 마음을 가라앉히고 진지
하게 생각해야 한다. 취할 때 취하더라도, 떫고 쓴 맛 볼 때 보더라도, "이제껏 그
런 맛, 본 적 없"다면 정말 그런지 "하나하나 따져"보아야 한다. 시인은 자신을
향해, 자기 세대를 향해 이야기한다.

미래를 믿습니다

무심한 거미줄이 내 부뚜막을 막아버린다 해도
타고 남은 재의 연기 가난의 설움 탄식한다 해도
나는 꿋꿋이 실망의 잿더미를 평평히 다져
아름다운 눈꽃으로 쓰겠습니다, 미래를 믿노라고.

내 보랏빛 포도가 늦가을의 눈물이 된다 해도
내 어여쁜 꽃이 다른 이의 품에 안긴다 해도
나는 꿋꿋이 이슬 맺힌 마른 등덩굴로
처량한 대지 위에 쓰겠습니다, 미래를 믿노라고.

나는 손으로 저 하늘 끝에서 용솟음치는 파도를 가리키며
나는 손으로 태양이 솟은 저 바다를 받쳐들고
새벽 햇살 어른거리는 그 따뜻하고 예쁜 붓으로,
어린아이의 필체로 쓰겠습니다, 미래를 믿노라고.

내가 미래를 굳게 믿는 까닭은
미래를 살아갈 사람들의 눈을 믿기 때문입니다——
그녀는 역사의 풍진을 헤치고 나갈 눈썹을 가졌습니다,
그녀는 세월의 페이지를 꿰뚫어볼 눈동자를 가졌습니다.

사람들이 우리의 썩어문드러진 몸뚱이에 대해
길을 잃은 슬픔과 실패의 고통에 대해

감동의 눈물을 흘리건, 깊이 동정을 하건
또는 경멸하며 미소 짓건, 신랄하게 조롱하건

나는 사람들이 우리의 척추에 대해
그 무수한 탐색과 헤맴과 실패와 성공에 대해
분명 다정하고 객관적이며 공정한 평가를 해주리라 믿습니다,
그렇습니다, 나는 초조히 그들의 평가를 기다리고 있습니다.

친구여, 미래를 굳게 믿자
불굴의 노력을 믿고
죽음을 이겨낸 젊음을 믿자
미래를 믿고, 생명을 믿자.

1968년

------

*스즈의 시가 꽃처럼 피어나던 1968년, 홍위병들 사이에 그의 시가 퍼져갔다. 지적, 문화적인 욕구에 목마른 청년들은 문학 교류를 빙자한 다양한 비밀모임을 조직했는데 스즈도 그중 한 모임에 참여했다. 이 때문에 사상반동 혐의로 조사를 받고, "미래를 믿는다(相信未來)"는 짧은 글을 남긴 채 도피한 선배 장랑랑(張郞郞)으로부터 자극받은 스즈는 이 시를 씀으로써 미래의 막막함에 불안하던 홍위병의 대변자가 된다.

광기가 휩쓴 뒤의 현실은 서글프고 공허했다. 아직도 피워야 할 청춘의 꽃이 남

아 있는지조차 의심스러운 나날 속 실낱같은 희망은 "미래"였다. 뜨거웠던 만큼 무지했던 자기 세대가 역사의 객관적이며 공정한 평가를 받을 것이라는 믿음조차 없었다면 절반에도 이르지 않은 인생의 무게를 감당하기 힘들었을 것이다. "미래를 믿습니다"를 주문처럼 되뇔 수밖에 없었던 홍위병의 불안은 값진 댓가로 돌아오지 않았지만, 그럼에도 불구하고, 그들은 "미래"를 믿고 싶었고 그것밖에 할 수가 없었다.

찬 바람

나는 북방의 황량한 들녘으로부터
혹한과 함께 세상에 강림했던 것이니
어쩌면 내 거칠고 차가워서
사람들이 나에게 가슴 가득 원한을 품은 것인지도

나는 사람들의 호감과 친절을 얻으려고
호기롭게 내 모든 은전銀錢을 뿌리며
단숨에 미친 듯 마을로 달려가
풍성한 수확의 소식을 알렸지만

나는 이 때문에 거지가 되고 말았네
사방을 떠돌며 몸을 누일 곳 없네
무턱대고 인가로 들어가려 한 적도 있었으나
단번에 문밖으로 쫓겨나고 말았네

사람들은 내가, 굳게 닫힌 창과 문 밖에서
배가 고파 비틀거리며 울고 신음하게 버려두었네
마침내 나는 알게 되었네, 이 지구 위에서
나보다 냉혹한 것이 사람들 마음임을.

1968년 여름

여기는 4시 8분 베이징

여기는 4시 8분 베이징
파도처럼 손들이 출렁이는
여기는 4시 8분 베이징
고막을 찢을 듯 기적 소리 울리는

돌연 베이징 역 높은 건물이
격렬하게 흔들린다
깜짝 놀라 창밖을 보았지만
무슨 일인지 알 수가 없다

한바탕 갑작스러운 가슴의 통증, 이건 분명
단추를 달려고 실에 꿰었던 어머니의 바늘이 가슴을 뚫은 탓이다
이 순간, 내 마음은 한조각 연이 되고
연을 매단 줄은 어머니 손에 쥐어져 있다

연줄을 너무 팽팽히 당기셨나, 끊어질 것만 같아서
어쩔 수 없이 차창 밖으로 머리를 내밀었다
바로 이때, 이때야 비로소
나는 무슨 일이 일어났는지 알게 되었다

　여기저기에서 이별하는 고함 소리
　역사驛舍를 휩쓸고 있었다

베이징이 내 발밑에서
느릿느릿 움직이고 있었다

나는 베이징을 향해 다시 한번 팔을 흔들었다
그녀의 옷자락이라도 붙잡고 싶었다
그리고 큰 소리로 그녀에게 외치고 싶었다
나를 기억해주세요, 어머니 베이징이여!

드디어 무언가를 붙잡았다
그것이 누구의 손이건, 놓을 수가 없었다
여기는 나의 베이징
내 마지막 베이징이었으므로

1968년 12월 20일

---

* "상산하향운동이 고조되던 1968년 말, 나는 산시성(山西省)으로 가는 4시 8분 기
차에서 이 시를 쓰기 시작했다. 베이징 역은 산시로 가는 사람들과 배웅하는 사
람들로 가득했다. 기차가 기적 소리를 내며 출발하려 하자 내 심장도 떨려왔다.
그제야 차창 밖 손들이 눈에 들어왔다. 나는 그때 모든 것을 알게 되었다. '여기
가 내 마지막 베이징'이라는 것을. (호적까지 산시로 옮겨야 했기 때문이다.) 그
리고 어릴 적 기억 하나가 선명하게 떠올랐다. 어머니가 단추를 달아주실 때 나
는 항상 옷을 입은 채였다. 어머니는 단추를 달고 나면 내 가슴에 머리를 숙여 이

로 실을 끊으셨다. 나는 그 일과 이 몇 소절을 기억했다가 산시에 도착해서 「여기는 4시 8분 베이징」을 완성했다.”(스즈)

마오쩌둥의 지시를 따르기 위해, 자신의 혁명적 열정을 확인하기 위해 수많은 청년들은 베이징을 떠나고 도시를 떠났다. 그러나 진심은 이런 것이었다. 떠나는 것이 두렵고, 잊힐 것이 두려워 뭐라도 잡고 싶은 심정. 불길한 예감대로 그것이 “마지막 베이징”이 되고 만 청년들은 너무 많았다. 떠나온 도시에 대한 미련과 애착 때문에 이 시는 지식청년(知識靑年, 상산하향 한 홍위병을 지칭하는 용어)의 필독 시가 되었고 그들의 필사(筆寫)에 의해 널리 유포되었다.

다시 만날 날을 기다리며

남녘 바닷가나 북쪽 만리장성
그 어딘들 사랑하는 형제 없으랴마는
우리 어느 때에 만날 수 있을까
우리 어디서 다시 만날까

그때는 널 위해 담뱃불을 붙여줄게
한모금 들이마시고, 파란 하늘 향해 내뿜으렴
모두 함께 멋진 술병을 따서
의기양양 붉은 술을 목에 부어보자……

나는 유쾌한 재회를 소망하네.
금빛으로 출렁이는 내 들녘에는

끝도 없이 뻗어 있는 저기 논두렁
우정을 이어주는 오솔길 같고
달빛 아래 졸졸 흐르는 도랑물
친구에게 털어놓는 속내 같아서

눈꽃처럼 하얀 목화 처녀 가슴 설레게 하고
불꽃 같은 붉은 수수 총각 마음 녹여버리니
친애하는 전우여 우리 함께 생각해보자
이리 아름다운 전원시 어찌 탄생하는지

나는 피의 재회를 애타게 기다리네.
그 영광스러운 재회의 시간에

　　그날에 나는 다음 세대에게 말해주리
　　이날의 여명을 맞으려고
　　우리는 일찍이, 일찍이 정수리로
　　위대한 시대의 큰 종을 두드렸다고

　　적어도 몇 세기는 그 소리 울릴 것이니
　　이것은 우리의 선혈이 담긴 종소리
　　붉은색 음파는 사람들에게
　　우리 세대가 어떻게 성장했는지 알려주리라

황금빛 들녘에서 다시 만나자
영광의 때에 다시 만나자
꿋꿋이 인내하며 기다리자
영광스러운 승리로 맞을 그 재회를

　　　　　　　　1969년 단오절에 싱화춘杏花村에서

＊청년들의 농촌 생활은 단조롭고 고단했지만 자신을 돌아볼 수 있는 정신적 여유를 갖게 했다. 사회에서 버림받았다는 절망감과 낯선 농촌 생활로 인한 당혹감은 점차 생존의 절박감으로 대체되어갔다. 상산하향의 잔혹한 현실이 투쟁을 일삼던 홍위병 간의 화해와 결합을 가능하게 함으로써 자신들의 현재를 잉태케 한 문화대혁명을 되돌아보고 미래를 생각하게 한 것이다.

이 시에서는 도시를 떠날 때와는 대조적인 평온, 전국 각지에 흩어져 새로운 삶에 적응해가는 자신과 자기 세대를 향한 시인의 애정이 엿보인다. 스즈의 시를 읽으며 청년들은 같은 세대로서 공감했고, 암담한 현실 속에서도 막연한 희망의 끈을 놓지 않을 수 있었다. 돌아갈 수 있겠지, 보고 싶은 사람 볼 수 있겠지, 그날은 "영광의 때", 꿋꿋이 인내하며 기다린 우리가 맞이할 "영광스러운 승리"……
그러나 "위대한 시대의 큰 종"을 정수리로 두드렸던 세대에게 승리의 그날은 오지 않았다.

뜨겁게 생명을 사랑하노라

어쩌면 내 허약한 몸뚱이는 칡덩굴이 기어오르는 것처럼
다가올 운명에는 속수무책
그러면, 매서운 비바람 속에서 내 목소리 들어보게
낮은 목소리로 되뇌고 있을 것이니, 뜨겁게 생명을 사랑하노라.

어쩌면 인생의 격렬한 싸움을 싸운 뒤에
저 호수보다 평온하게 죽으리니
그러면, 무덤으로 가서 내 비문을 찾아보게
그 위에 새겨져 있을 것이니, 뜨겁게 생명을 사랑했노라.

나는 고통을 저울추 삼겠다 결심했으니
내게는 인생을 저울 삼으려는 믿음 있으니
나는 한사람의 생명 가치를 저울로 달겠네
후대에게 나를 본보기 삼으라 하겠네, 뜨겁게 생명을 사랑했으니.

분명, 내게 속한 굽이굽이 황무한
들길을 사랑했으니
꼬불꼬불 이 길을 지날 때에 비로소
이리도 버거운 인생을 알게 되었네.

나는 떠돌이처럼 맨발로 걸어왔네
길 위의 딱딱하고 모난 돌멩이 온몸으로 느꼈네

게다가 무시로 길을 막는 가시덤불이
걸음걸음 핏자국을 남겨놓았네.

나는 거지처럼 등을 드러낸 채 걸어갔네
한겨울 눈바람 속 배고픔과 추위를 사무치게 알게 되었네
그리고 한여름 불같이 이글거리는 뙤약볕이
모든 실낱같은 온정을 백배 소중히 여기게 했네.

하지만 내게는 운명에 도전하는 천성이 있었네,
번번이 실패하고 좌절했으나, 결코 복종하지 않았네.
나는 꿋꿋이 살아남았고, 아직도 살아 있으니
미래를 믿노라, 뜨겁게 생명을 사랑하노라.

1979년

*인생의 저울로 모든 생명의 무게를 단다면 얼마만큼의 '고통의 저울추'가 필요
할까. 10년 동란 문화대혁명이 끝나고 새로운 시대를 맞이한 사람들은 여전히
알 수 없는 운명에 막막했다. 특히 산간벽지로 추방당해 인생의 황금기를 허비
한 홍위병 세대는 제대로 된 교육을 받지도, 변화한 시대에 맞는 사회인으로서
의 활동 기회를 제공받지도 못한 채 '잃어버린 세대'로 전락해 있었다. 그들에게
남은 것은 운명에 도전하는 천성, 실패와 좌절에 복종하지 않았던 기억뿐이다.
그들은 '미래를 믿고, 뜨겁게 생명을 사랑하는' 진정(眞情)밖에 남겨줄 것이 없
었다. 스즈는 모든 것이 끝난 뒤에도 "뜨겁게 생명을 사랑"했다.
「뜨겁게 생명을 사랑하노라」는 「미래를 믿습니다」의 자매편이라 불리며 독자들
에게 사랑받고 있는 작품이다.

시인의 월계관

나는 시인의 월계관과는 아무런 인연이 없습니다
기쁨과 고통의 순간을 기록하려 했을 뿐입니다
많은 시를 쓰긴 했으나
내 보기엔 모두 하잘것없습니다

나는 사람들이 바닥에 뱉어놓은 침 자국입니다
공교롭게 어떤 아가씨의 발에 밟힐 수도 있었겠지만
결코 그 발자국에 닿으려고 한 것이 아닙니다
분명 아무 생각 없이 그런 것일 뿐 진심이 아닙니다

나는 내 영혼의 성전聖殿 벽에
아이들이 새겨놓은 꼬질꼬질한 글자일 뿐입니다
세월이 지나도 지워지지 않을 것이나
이 오만한 마음은 아무렇지도 않습니다

사람들은 도대체 당신은 누구냐고 물을 것입니다
뭐라고 해도 좋으나 시인만은 아닙니다
그저 그 부당한 시대의
하찮은 희생물일 뿐이니까요

1986년 정신병원에서

복했다. 지식청년들 사이에 회자되던 시가 1980년대 초반 잡지를 통해 정식 발표
되면서 독자들의 사랑과 주목을 받게 되지만 스즈는 늘 병원 신세를 져야 했다.
스즈는 시인의 월계관을 거부했다. 자신만의 세계에 갇혀 자기 세대의 기쁨과
고통을 노래한 시와 월계관은 무관하다는 이유 때문이었다. 그는 오히려 자신의
시가 보잘것없는 것, 사람들이 뱉어놓은 침 자국처럼 더러운 것이라 했다. 시인
의 영혼에는 아직도 벗어날 길 없는 과거의 굴레가 남아 있다. '시인'이 아닌 부
당한 시대의 "희생물"이라 스스로를 정의하는 스즈는 개혁·개방 이후의 또다른
상실과 소외를 누구보다 깊이 느끼고 있었다.

내가 돌아갈 곳

창작의 생명은 길지 않으니
시인의 운명 길흉을 점치기 힘들다
영감靈感의 위기라는 도전에 맞서기 위함이라면
나는 어떤 댓가도 두렵지 않다

우아한 행동과 가난의 옹색함이
내게 말 못할 고통을 가져다주었지만
결국 나의 시행詩行으로 구성된 대군大軍은
정신적 사망의 협곡을 건넜다

　약자의 영혼을 묻는 무덤은
　결코 내가 돌아갈 곳 아니다

잡초로 뒤덮인 초라한 무덤
봉분 위에는 황토 흙 몇줌뿐이나
여기는 내 조상 대대의 선산
오래도록 돌보는 이 없었으니

살아생전 갖은 고초를 맛보시고
죽어서도 이렇게 쓸쓸하시어
울컥 뜨거운 눈물 쏟아지는데
바람결에 문득 할머니의 당부

"인생은 한세상, 초목도 가을이면 끝이 나니
얘야, 여기가 네가 돌아갈 삶의 끝이란다."

1991년 제3복지원에서

---

*영감의 위기와 창작의 생명이 두렵지 않은 시인이 어디 있을까마는, 이십대 초
반 이후에 겪은 정신분열증과 입원과 퇴원의 반복은 시인 스즈를 위협하는 또다
른 복병이었다. 스즈는 그 위협을 극복했고, 시를 통해 정신적 사망의 협곡을 건
넜노라 자부했지만 쇠약하고 예민한 정신의 씨줄과 날줄이 언제 끊어질지 모른
다는 불안 속에 살아야 했다. 죽음에 이르러야 모든 것이 끝날 것임을 아는 시인
은, 형언할 수 없이 지쳐 있지만, 끝까지 의지를 버리지 않았다.

베이다오(北島, 1949~)

1949년 베이징에서 태어났다. 본명은 자오전카이(趙振開)다.

사회주의 집단의식에 대한 강렬한 반항과 개인의 서정을 노래한 1980년대 '몽롱파(朦朧派)'(1949년 이후 중국 사회주의문학의 창작방법과 이념에서 벗어나 새로운 문학의 가능성을 실험한 예술조류로, 상징·암시·비유 등의 기법을 통해 강렬한 반항의식을 표현하여 '몽롱'하고 의미를 파악할 수 없다고 비판받았다. 이후 이같은 예술 경향을 대변하는 술어가 되었다)의 대표 주자로, 노벨문학상 후보에 여러차례 이름을 올린 중국 시단의 상징적인 존재이다.

베이징의 평범한 가정에서 자란 베이다오는 1965년 고위직 자제가 주로 다니는 베이징시 제4중등학교(北京市第四中學)에 입학했으나 1966년 문화대혁명으로 인해 학교가 폐쇄되면서 홍위병운동에 참여했다. 1968년 이후의 상산하향 당시 대부분의 홍위병들은 군대나 농촌, 산간벽지로 가야 했지만, 출신이 좋은 편에 속했던 베이다오는 베이징 제6건축회사(北京第六建築公司)에 배정되어 11년 동안 건설 노동자로 일했다.

스즈(食指)와 망커(芒克) 등의 시를 좋아했던 그는 1972년부터 본격적으로 시를 쓰기 시작했다. 문화대혁명이 끝난 뒤 베이다오는 베이징으로 돌아온 문학청년을 규합하여 1978년 문학잡지 『오늘(今天)』을 창간했다. 망커, 구청(顧城) 등이 바로 『오늘』의 동인들이다. 베이다오라는 필명은 『오늘』을 창간할 때 망커가 지어준 것으로 알려져 있다. 자신의 가치관에 입각하여 문화대혁명 시기를 비판하고 현실의 추이를 전망하던 베이다오는 중국에서 가장 영향력 있는 젊은 시인이 되었다. 미국 아이오와 대학(University of Iowa) 방문학자로 지내던 1989년, 톈안먼 광장에서 민주화를 요구하는 6·4사태가 발발하자 베이다오는 이 운동에 대한 지지 서명을 했고, 중국 정부는 그의 귀국을 허가하지 않았다. 이후 베이다오는 독일, 덴마크, 네덜란드, 프랑스 등 유럽 국가를 떠돌며 강의와 창작을 지속하다가 1993년 미국에 정착하여 미시건 대학(University of Michigan), 뉴욕 주립대학(State University of New York) 등에서 객좌교수를 지냈다. 2001년 부친상으로 베이징에 일시 귀국했을 때에도 당국의 엄중한 감시 속에서 상을 치르자마자 출국해야 했다. 그가 오랜 망명 생활을 끝낸 것은 2007년 홍콩 중문대학(中文大學)으로 부임하게 되면서부터다. 베이다오는 현재 홍콩에서 꾸준한 창작과 학술 활동을 이어가고 있으며, 그의 시는 20여 개 국가에서 번역, 출간되어 세계적인 사랑을 받고 있다.

시집 『낯선 해변(陌生的海灘)』(1978) 『베이다오 시선(北島詩選)』(1986) 『하늘 끝에서(在天涯)』(1993, 홍콩) 『한밤의 가수(午夜歌手)』(1995, 타이완) 『영도 이상의 풍경(零度以上的風景線)』(1996, 타이완) 『자물쇠를 열다(開鎖)』(1998, 타이완) 『베이다오 시가집(北島詩歌集)』(2003) 등이 있다.

대답

비열은 비열한 자의 통행증이요
고상은 고상한 자의 묘비명이다
보라, 도금된 하늘 가득
떠다니는 죽은 자의 거꾸로 휜 그림자를

빙하기는 지났는데
왜 도처에는 얼음투성인가?
희망봉은 발견되었는데
배들은 왜 사해死海에서 앞을 다투는가?

나는 세상에 올 때
종이와 밧줄과 그림자를 가져왔을 뿐이니
선고를 내리기 전에
판결문을 낭독하기 위함이었다

네게 말하노라, 세상아
나는―믿지―않는다!
설령 네 발밑에 천명의 도전자가 있다 해도
나는 천한번째 도전자일 것이니

나는 하늘이 푸르다는 것을 믿지 않는다
나는 천둥의 울림을 믿지 않는다

나는 꿈이 거짓임을 믿지 않는다
나는 죽으면 끝이라는 것을 믿지 않는다

바다가 제방을 무너뜨릴 수밖에 없다면
모든 쓴물은 내 마음속에 쏟아부어라
육지가 떠오를 수밖에 없다면
인류로 하여금 다시 한번 생존의 정상을 선택케 하라

새로운 조짐과 반짝이는 별들이
거칠 것 없는 하늘에 가득하다
저것은 오천년의 상형문자
저것은 미래의 인간들이 응시하는 눈동자다

1976년 4월

---

*1976년 4월에 쓴 「대답」은 1978년 11월 베이다오가 망커와 함께 창간한 『오늘』
에 게재되면서 베이다오라는 시인을 세상에 처음 알린 작품이다. 문화대혁명 직
후의 혼란 속에서 강렬한 저항의식과 희망을 동시에 보여준 이 시는 자아와 국
가의 일치를 신앙하던 젊은이들을 충격에 빠지게 했고 몽롱시 열풍을 불러오는
데 결정적인 작용을 했다.
세상을 지배하던 "비열"함도, "고상한 자"의 죽음도 끝났지만 현실에는 여전히
수많은 생명의 상처와 참상이 어른거린다. 기만의 시간이 끝났지만 희망을 찾을

수 없는 현실 속에서 시인은 외친다. 모든 거짓의 역사를 심판하고 새 역사에 도전하겠노라고. 인성(人性)과 자유를 가로막았던 견고한 제방을 무너뜨리고, 다음 세대가 생존의 정상에서 더 큰 세상을 볼 수 있게 하겠노라고. 중화민족의 역사는 다시 시작될 것이라고.

이 작품은 1989년 6월 톈안먼 사건 당시 시위대에 의해 다시 낭독되고 게시되었다.

선고──위뤄커(遇羅克)에게 바침

최후의 시간이 왔나보다
나는 유족이 없으니
어머니께, 몇자 남긴다
나는 결코 영웅이 아니다
영웅이 없는 시대에
나는 다만 사람이 되고 싶었다

고요한 지평선이
산 자와 죽은 자의 행렬을 나누는 것이라면
나는 하늘을 선택할 수밖에 없다
땅에 무릎 꿇어
망나니들을 더욱 돋보이게 하거나
자유의 바람을 가로막을 수는 없다

별들의 총구 하나하나로부터
핏빛 여명이 흘러나왔다

1980년

*부모가 '우파'라는 이유로 대학 입학을 거부당한 위뤄커(遇羅克, 1942~70)는 1966년 7월 「출신론(出身論)」이라는 글로 '혈통론(血統論)'의 체제에 도전했다. 혈통론이란 무산계급을 제외한 지주, 부농, 반혁명분자, 우파분자의 자녀 역시 선천적 죄인이므로 무산계급과 동등한 대우를 받을 수 없다는 논리였다. 혈통론은 또다른 신분제를 정당화하는 논리로서 사회구성원을 억압하고 차별하는 무기였다. 위뤄커는 혈통론을 비판한 혐의로 28세에 공개 총살당했고, 사후 9년 만에 이루어진 재심을 통해 무죄를 선고받았다. 그리고 위뤄커는 진리 수호에 헌신한 영웅으로 추앙받았다.

「선고」는 위뤄커에 대한 새로운 "선고"에 즈음하여 쓴 시다. 위뤄커의 유언은 역사에 대한 베이다오의 "선고"이기도 하다. 그것은 계급성이 인성을 대체하고, "사람"이 되려는 바람조차 반동이 될 수밖에 없었던 과거에 대한 통렬한 비판이다. 이제 위뤄커의 죽음으로 시작된 "핏빛 여명"의 시대가 펼쳐질 것이다.

이력

광장을 열병하며 걸은 적이 있다
태양을 더 잘 찾으려고
머리를 빡빡 깎고서
하지만 광란의 계절에
길을 잃고, 울타리에 가로막혀
냉담한 표정의 산양山羊들을 만났다
소금땅처럼 하얀
종이 위에서 이상理想을 발견하고
허리를 굽힐 때까지
나는 진리가 표현된 유일한
방식을 찾은 것이라 생각했다, 마치
구워지고 있는 생선이 바다를 꿈꾸듯
만세! 이 빌어먹을 한마디를 외쳤을 뿐인데
수염이 자라
무수한 세기世紀처럼 뒤엉겼다
나는 역사와 싸울 수밖에 없었다
칼이나 우상偶像 들과
친척이 되었던 것은, 결코 파리의 눈에서
분열되어 나온 세상에 맞서기 위함이 아니었다
언쟁이 끊이지 않는 책 무더기 속에서
우리는 별을 팔아넘긴 푼돈을
태연히 나눠가졌지만

나는 하룻밤 사이에 허리띠까지
날리고, 맨손으로 세상에 돌아갔다
소리 없는 담배에 불을 붙인다
이것은 깊은 밤에게 가하는 치명적 한방이다
천지가 뒤집어질 때
나는 대걸레 같은 고목에
거꾸로 매달려
바라볼 것이다

1985년

---

*베이다오는 1966년 '붉은 태양' 마오쩌둥을 보기 위해 톈안먼 광장에 모였던 백
만 홍위병 중의 하나였다. 그는 광기의 시대에 혁명의 주역은 가난하고 무식한
"하얀 / 종이" 같은 인민이라 믿었고, 그것을 진리라 신념했다. 그 시대를 베이다
오는 불에 구워지면서도 바다를 꿈꾸는 생선 같은 나날이라 했다. 그것이 이력
의 전부였던 날들이었다.
마오쩌둥을 향해 "만세"를 외치던 10년 세월이 꿈꾸듯 지나버리고 시인은 이
제 모든 것이 뒤엉겨 있음을 깨닫는다. 그렇다면 싸울 수밖에 없다. 싸움의 목적
은 생존 공간을 차지하기 위함이 아니다. 그것은 역사와의 싸움이다. 과거의 잘
못을 바로잡는다며 지난 세대의 희생을 가로채는 무리와의 싸움이며, 자신 또한
그 무리의 하나였음을 고백해야 하는 자신과의 싸움이다. 하지만 세상은 아직도
깊은 밤이다. 이 밤을 깨우는 총 한방이 필요하지만 때를 기다려야 한다. 천지가
뒤집어지는 때가 오면 고목에 거꾸로 매달려서라도 뒤집어진 천지를 볼 것이다.

감전

형체가 없는 사람과
악수를 한 적이 있다, 나는 비명을 지르며
손을 데었고
낙인이 남았다
형체가 있는 사람들과
악수를 했다, 그들은 비명을 지르며
손을 데었고
낙인이 남았다
나는 더이상 남들과 악수를 할 수 없어
늘 손을 등 뒤에 감추었다
그런데 기도를 하려고
하늘 향해 두 손 모았더니
비명과 함께
내 마음 깊은 곳에
낙인이 남아버렸다

---

*진심을 알 수 없는 관계 속에서 인간은 서로에게 상처를 준다. 때로 그 상처는 치
명적이다. 가해자와 피해자가 불분명할 때 더욱 그렇다. 일상을 억누르는 형체
없는 공포 속에서 서로가 서로의 감시자가 되고 고발자가 되어 모두에게 지울
수 없는 낙인을 남긴다. 원망조차 할 수 없다. 인간에게 받은 상처는 무엇으로도
치유할 수 없다. 감출수록 상처는 덧나고 병은 깊어간다. 진정한 사과와 용서 없
이는 기도조차 또다른 상처를 남긴다.

고향 말씨

거울 앞에 서서 중국말을 한다
공원에는 그곳만의 겨울이 있다
나는 음악을 켠다
겨울에는 파리가 없다
나는 한가롭게 커피를 끓인다
파리는 조국이 무엇인지 알지 못한다
나는 설탕을 넣는다
조국은 고향 말씨다
나는 전화선 저 끝에서
나의 공포를 들었다

---

*모국어의 결핍과 갈증은 망명자의 가장 큰 슬픔인지도 모른다. 이방을 떠돌며 베이다오는 자신에게 말을 건다. 모국어를 연습한다. 파리도 없는 겨울에, 조국이 없는 시인이 모국어를 연습한다. "나는 음악을 켠다" "나는 한가롭게 커피를 끓인다" "나는 설탕을 넣는다" 같은 말조차 연습이 필요하다. 그런 말조차 잊어버릴지 모르므로. 잃어버린 조국은 전화선 너머에 존재한다. 아무것도 아닌 문장을 연습하며 제 목소리 듣지 않아도 되는 모국어는, 그러나 공포와 아픔이다. 사랑하는 이들과의 짧은 통화는 조국에 대한, 모국어에 대한 결핍과 갈증이다. 2011년 11월 홍콩 중문대학에서 열린 '2011년 홍콩 국제 시가의 밤'(International Poetry Nights in Hong Kong)에서 베이다오는 「고향 말씨」를 중국어로 낭송하며 홍콩의 젊은이들에게 이렇게 이야기했다. "여러분들 나이에는 누구나 곤혹스러운 때가 있습니다. 그것은 청춘의 필연적인 단계입니다. 물론 우리 세대가 겪어야 했던 곤혹과는 다를 것입니다."

한밤의 가수

노래는
지붕 위를 뛰어가는 도둑
여섯가지 색깔을 훔쳐 달아나며
빨간 시곗바늘이
4시의 하늘을 향하도록
4시에 폭발하도록 맞춰놓았다
수탉의 머릿속에는
4시의 광기가 들어 있다

노래는
적의敵意를 품고 있는 나무
국경國境 건너 쪽에서
내일을 삼켜버린 이리떼와
약속을 한다

노래는
신체를 완벽히 외워버린 거울
기억의 제왕
밀랍으로 만든 혓바닥
논쟁의 불빛은
신화神話가 길러낸 화초
교회로 돌진하는

증기기관차

노래는
어떤 가수의 죽음
그가 죽던 밤
검은색으로 압축된 레코드판이
끝없이 노래를 했다

---

*망명한 시인은 불면증을 앓는 한밤의 가수다. 암흑천지 캄캄한 이방에서 형형색
색 아름다운 모국어를 도둑맞고, 4시의 광기만을 주입받은 수탉처럼 단조롭고
강박적으로 노래할 뿐이다. 그래서 노래는 때로 적의를 품기도 한다. 사유의 현
재를 투명하게 반영하지도 못하고, 가치 없는 기억과 녹아버릴 헛바닥의 논쟁만
되풀이한다. 새로운 언어로 노래할 수 없는 가수는 존재의 이유를 상실하게 된
다. 그가 죽어도 똑같은 노래를 되풀이할 레코드판이 있으니.
시인의 불면 속에서 조국의 어둠은 계속되고 아픈 기억은 끝없이 재생된다.

창조

대대로 이어져오는 창조는 나를 불안하게 한다
이를테면 밤이 법률 위를 분주히 오가는 데는
원인이 있기 마련이어서
개 한마리가 안개를 보고 미친 듯이 짖어도
배는 잔물결 위를 항해하고
내게서 잊힌 등대는
뽑아버린 이빨처럼 더이상 아프지 않다
펄럭거리는 책이 풍경을 어지럽힌다
구조받은 태양이 떠오른다
발을 동동 구르며 줄을 설 만큼 고독한 저 사람들
종소리가 그들을 위해 음을 맞춘다

이것 말고 또 무엇이 남았나
노을이 유리 위에서 함박 웃고 있다
엘리베이터는 하강하지만, 지옥은 없다
국가에서 해고당한 사람이
어질어질 낮잠을 나고 난 뒤에
해변에 도착했다, 바닷속으로 들어갔다

*창조란 무엇인가. 유사 이래 새로운 창조는 있었던가. 법률을 자유자재로 넘나
드는 어둠의 논리가 지배하는 이상, 안개를 보고 개 한마리가 짖는다고 배가 멈
추지는 않는다. 그렇다면 어둠을 밝힐 등대 따위는 필요없다. 어차피 태양은 떠
오를 테고, 살아남기 위해 사람들은 지겹게 줄을 설 것이니.
이것 말고는, 해가 지는 것처럼 죽을 일밖에 없다. 삶이 끝난다고 지옥이 시작되
는 것은 아니다. 그렇다면 국가에서 해고당한 망명자가 죽음을 두려워할 이유도
없다. 어중간한 낮잠 같은 망명을 끝내고 바닷속으로 들어간다고 더 나빠질 것
은 없다. 어차피 대대로 이어져오는 지겨운 창조는 내일도 되풀이될 것이니.

옛 땅

죽음은 언제나 이면으로부터
그림을 관찰한다

지금 나는 창문으로
옛 땅을 다시 둘러보는
내 젊은 날의 석양을 보고 있다
어서 진상을 말해야 하겠지만
날 어둡기 전에
무슨 말을 할 수 있을까

어휘의 잔을 들이켤수록
더욱 목이 말라
강물과 함께 대지大地를 추천했고
텅 빈 산에서
피리 부는 이의 가슴속 오열에 귀 기울였다

세금을 걷는 천사들이
그림의 이면으로부터 돌아와
저 도금한 머리통들로부터 석양까지
하나하나 점검을 한다

죽음의 관점에서, 삶은 표면이 아닌 이면으로부터의 관찰이 요구되는 내면의 문제다. 그리고 죽음에 대한 의식은 살아온 시간의 누적 때문만이 아니라 그같은 죽음의 관점을 이해하는 데서 시작된다. 자신의 삶을 이면으로부터 들여다볼 수 있는 단단한 정신을 자각하게 되었을 때, 비로소 불시에 닥칠 죽음에도 대처할 수 있게 된다. 말로 다 할 수 없는 삶의 이면을 인정하고 모든 것을 비워낸 내면의 텅 빈 산에서 피리 불 수 있게 되었을 때, 비로소 삶의 빚을 청산하기 위해 찾아오는 죽음의 천사들을 대면할 수 있게 된다. 그때에는 삶이 도금한 머리통처럼 싸구려로 반짝이는 가짜인지, 활활 타올랐다 스러지는 진짜 석양인지, 모든 것이 판가름 난다.

린망(林莽, 1949~)

1949년 허베이성(河北省) 쉬수이현(徐水縣)에서 태어났다. 본명은 장젠중(張建中)이다. 중화인민공화국이 탄생한 해에 태어나 '건중(建中, 젠중)'이라는 이름을 갖게 되고, 중국 현대사의 유례없는 동란, 문화대혁명 기간에 청년기를 보낸 시인이자 화가다.

베이징에서 고등학교를 다니던 린망은 1966년 문화대혁명이 시작되자마자 아버지가 반혁명 사건에 연루되어 체포되는 아픔을 겪어야 했다. 그러나 차분하고 침착한 성격의 린망은 사회적 동요와 가정의 불행을 겪는 과정에서 정신적 성숙의 계기를 얻게 된다. 홍위병운동으로 폐쇄된 학교 도서관 한쪽에서 학생들에게 열람이 허가되지 않은 책들을 발견한 린망은 정신없이 책에 빠져들었고, 이때의 독서는 이후 창작과 사색의 밑거름이 되었다. '수정주의(修正主義) 쓰레기'로 간주되어 금서로 지정될 수밖에 없었던 책들은 대부분 서양 고전들이었다. 린망은 이 시기에 빅또르 위고(Victor-Marie Hugo), 괴테(J. W. Goethe), 뿌시낀(A. S. Pushkin) 등을 두루 섭렵했다.

1968년의 지식청년 상산하향 방침에 따라 린망은 베이징에서 멀지 않은 허베이성 바이양뎬(白洋淀)으로 하향하게 된다. 풍경이 아름다운 늪지대 바이양뎬에는 이미 베이징에서 다수의 청년들이 하향해 있었고, 그들 사이에는 자연스럽게 독서토론과 문학창작 등을 중심으로 한 활동이 이루어지고 있었다. 린망은 바이양뎬에서 6년을 머무르며 시를 쓰고 그림을 그렸다. 뛰어난 예술적 감수성으로 시대의 우울과 희망을 표현했던 린망과 그의 동료 망커(芒克), 둬둬(多多) 등은 훗날 '바이양뎬 시 그룹(白洋淀詩歌群落)'이라 불리게 된다.

1975년 베이징으로 돌아온 린망은 중학교에서 물리학 교사로 일하다가 1981년 그간의 시작을 모아 첫 시집 『나는 이 땅을 떠돌았네(我流過這片土地)』를 자비 출판하면서 시 쓰기에 전념하기 시작했다. 1990년대 이후 중화문학기금회(中華文學基金會), 문예지 『시간(詩刊)』과 『시 탐색(詩探索)』의 편집인으로 지내며 현재까지 꾸준히 작품 활동을 전개하고 있다.

시집 『린망의 시(林莽的詩)』(1990)『나는 이 땅을 떠돌았네(我流過這片土地)』
(1994, 정식출판)『영원의 순간(永恒的瞬間)』(1995)『린망 시선(林莽詩選)』
(2005)『가을 국화 등잔(秋菊的燈盞)』(2009)『중국현대문학백가: 린망 시의 정
수들(中國當代文學百家:林莽詩歌精品集)』(2012), 시문집『세월의 빛을 뚫고(穿透
歲月的光芒)』(2001) 등이 있다.

다섯번째 가을 ── 바이양뎬 지식청년 소농장

너희는 황량한 들판에
희망의 씨앗을 뿌렸다
황금빛 가을
금빛 꿈 같은 가을
느릿느릿 해 걸음에
가을이 흔들린다

다섯번째 가을이다
너희는 황량한 들판을 개간하고
초록의 싹으로
메마른 황무지를 부수려 했다

친구의 우정을 가슴에 품고
새로운 거처로 들어온
그대들이여
진정 생활의 새로운 '정취'
엿볼 수 있기를 바라네
그대들이여
진정 새로운 '용기' 얻기를 바라네

내가 갈망했던 충실한 영혼이
너희에게는 소중할 것 없는 그 무엇이었더라도

가을이 가고 겨울이 오면
눈꽃이 최초의 꿈들을 날려버리고
매서운 칼바람 애절한 슬픔 실어올 것이니
너희들의 거처 한쪽에
친구가 쓴 시구詩句라도 있었으면
내 무력한 시구가
너희에게 무궁한 힘 불러올 수 없다는 것 잘 알지만
그러나, 진실한 내 마음이
너희 마음속에
환한 불을 붙일지도 모를 일이니

여기는 겨울 없는 남방은 아니지만
여기는 시베리아 깊은 광산 아니니
씨앗은 땅 밑에서 힘을 모으리
친구여
그대 열정의 환상 버리지 않기를

그래, 새봄이 오면
따스한 바람 깊이 잠든 대지를 깨울 것이니
어쩌면, 우리 바람도
이상理想의 열매를 맺을지도

1973년 10월

*5년째 경작한 들판에 다시 가을이 왔다. 메마른 황무지를 초록으로 개간하리라던 젊은이의 용기는 아직 남아 있는가. 새로운 거처로 올 때의 우정은 아직 남아 있는가. 우리가 바라던 이상의 열매를 맺을 수 있을 것인가. 가을이 가면 다섯번째 겨울이 시작될 것이다. 매서운 칼바람이 아니더라도 인생의 긴 겨울을 보내고 있는 젊은이의 마음은 애절하고 슬프다. 그래서 충실한 영혼으로 우리의 진실한 마음을 쓰고 있는 시가 필요했다. 그 혹독했던 계절에 마음을 밝힐 불씨가 필요했다.
1969년, 스무살의 린망은 베이징을 떠나 톈진 근교 바이양뎬으로 하향했다. 당시 전국의 산간오지로 추방된 청년들의 임무는 황무지를 개간하거나 각종 건설 현장에 투입되어 단순노동을 하는 것이었다. 1968년부터 시작된 상산하향운동의 열기는 금방 식어버렸지만 이미 농촌에 정착한 수많은 청년들은 한해 두해, 기약 없는 나날을 막막함과 불안 속에 보내야 했다. 이제 환상조차 잃어버려 이상을 꿈꾸지도 않는 자기 세대를 보며 린망은 차마 절망할 수 없었다. 겨울 없는 남방처럼 이상적이지는 않으나 최소한 시베리아 깊은 광산 같은 이상의 파탄은 아닐 것이라 믿고 싶었던 시인은 아직도 씨앗의 힘을 이야기하며, 시를 쓴다.

열차 기행

1

기적이 울고, 열차는 번잡한 도심을 빠져나와
초록빛 들판을 관통한다
이 도시를 떠나올 때
내게는 아무런 슬픔도 없었다

2

수확이 끝난 들녘
남아 있는 뿌리조차 금빛이다
천지는 이리도 광활한데
내게는 다만 꼬불꼬불 길 하나

3

열차는 나의 전부를 싣고 간다
철길은 좁고도 길다
앞에는 길
뒤에도 길

4

역사가 굴러간다
나는 그 바퀴를 셀 수 없다

5

산은 검은 화로 같다
구름은 짙은 연기 같다
비가 온다, 열차 구석에서
다디단 잠에 빠진다

6

기차가 서지 않는 작은 역에서
그녀는 무엇을 기다리고 있을까
피곤한 듯 먼 곳을 바라보는 눈
무정한 기적 소리만 남는다

7

물 마른 언덕 위에 쌓여 있는

삼십년 전의 보루
이것이 바로 생산력, 나귀 다리 네개로
갈아엎은 진흙을 밟고 지나는, 힘찬 맨발 두개

8

실재하는 것과 공허한 것이
하나는 마음에, 하나는 손에 있다
역에 도착했지만
여전히 나는 앞으로 달려간다

1973년 12월

---

*도시에서의 삶에는 슬픔이 없었다. 광활한 천지에서 꼬불꼬불한 길 같은 작은 삶을 살았을 뿐이므로. 그러나 이제부터 펼쳐질 길에서는, 역사의 바퀴가 굴러온 앞뒤의 길에서는, 아무것도 예측할 수 없다. 그래서 차라리 마음 편하다. 비로소 잠들 수 있다. 아무 상관도 없는 소녀가, 생산력의 핵심인 인민의 힘찬 두 발이 비로소 눈에 들어온다. 도시를 떠나면서, 실재하는 것과 공허한 것, 마음과 육신이 비로소 온전해진다. 아직은 인생의 열차에서 내릴 때가 아니다.

나는 소망을, 떠올린다

마치 수년이 지난 것처럼
벌써 밤이 깊었다
넘어간 그 페이지, 지나가버린
삶은 고여 있는 물 같아서
마음이 쌓여 있는 이곳에는
쓸쓸함이 흐르고,
과거를 향해,
먼 곳을 향해, 지나가버린 그 세월이 흐르는데
나는 소망을, 떠올린다

그것은 희망의 눈물이었다
산과 물에 가로막혀
편지는 오열하며 그리움을 전했고
대지와 운무를 가르며
번개가 내려꽂혔으니
삶은, 그 한가닥 가녀린 희망은
다시 사라질 수 없는 것이었다

삶을 그리던 붓이
화폭 앞에서 더이상 움직이지 않았을 때
옅은 안개처럼, 망각이 수면 위로 떠올랐다
사람들은 바쁘게

댄스파티와 포근한 침대 사이를 오갔다
차들은 번잡한 시내를 달렸다
사람들 지쳐버렸는데
지난날의 분노와 생각이 어디 있으랴
그 외침과 행위 어디 있으랴
삶이라는, 하얀 종이는
범람하는 욕망에 누렇게 바래고 말았다

버튼을 돌린다
저 속에서 클라리넷이 홀로 울고 있다
벌써 밤은 깊어
마치 수년이 지난 것 같다
너희들과, 지난 일과, 친구와 희망을 떠올려본다
너희들을 기억해본다

한밤중, 시계가 울린다
지나간 삶은 이미 소멸되었는데
넘어간 그 페이지에, 문득 봄날의 밤하늘을 지나다가
깊이 잠든 어제를 불사르기 시작한 반딧불 한마리가
사뿐 내려앉았다

1983년 2월

*추방당한 청년들에게는 안부 편지 한장이 다시 희망이 되는 시절이 있었다. 눈물 같은 삶을 붓으로 그리던 시절이 있었다. 그러나 고난의 시간이 끝난 지금, 삶은 욕망에 바래가고 있다. 시인은 소멸해버린 지난날을 추억하며 그 시간과 그때의 소망을 떠올린다.

똑똑 물 새는 소리

부엌에서 들려오는 규칙적인 물방울 소리
한밤중 꿈의 경계를 넘어버려
너는 그만 잠이 깨고 말았다

잿빛 거리 골목에서 잃어버렸던 여자아이는
거리의 풀밭을 지나고 유수 같은 세월을 지나면서
이제는 더이상 어리지 않았지만
인간에게 내재된 광채가 그녀를 빛나게 하고
지나간 세월과
사람들의 공정한 평가를 비춰줄 것이다

찬 바람에 날리며 가을비가 내린다
너는 몸을 꽁꽁 싸매고, 차들이 줄지어 달리는 안개비 속을 총총
히 건너간다
저 고층건물 사이의 집이
희부연 비를 맞으며 네 등 뒤에 우뚝 서 있다

삶을 단단히 잠갔다고 해도
부주의한 운명 속에는 늘 끊임없이 새어나오는 물이 있어
깔끔하게 설명할 수 없는 결말이
반복적으로 사람을 괴롭힌다
어쩌면 이 때문이었을까

최초의 나날 동안 누군가는 너를 피했고
펼쳐 든 우산 밑에서
그는 그 노인의 시를 속 깊이 이해하게 되었으니
금속 우산살 위에서 하느님의 자애가 흔들리고 있었다

한 사람은 다른 사람과 같지 않은데
우산은 빗물을 가려주고 또 무엇을 막아주려나

빛은 어둡고
너무 익숙한 모든 것들은 사람을 아프게 해서
꿈에서도 너는 몸을 뒤척인다

그리하여, 한밤중의 꿈결 너머로
늘 부엌에서 들려오는 규칙적인 물방울 소리를 듣곤 한다

1985년

---

*세상도 변하고 인심도 변한다. 시대의 암흑도 빠져나오고 나면 돌아볼 만한 구석이 있기 마련이어서 제아무리 불쌍한 영혼도 그 실낱같은, 인간에게 내재된 광채 때문에 그럭저럭 빛을 발하고 평가를 받는다. 그러나 인생은 아무리 싸매고 종종거려도 등 뒤에 서 있는 운명의 그림자로부터 벗어날 수 없다. 아무리 잠그더라도 근본적인 누수를 피할 수 없다. 그렇다면 신(神)이 펼쳐주는 자비의 우산 속으로 숨으면 될 일 아닌가. 이 많은 인생의 운명이 모두 다를진대 빗물만 피

한다고 될 일인가. 부주의한 운명 속 새어나오는 물은, 절대로 피할 수 있는 인생의 영역이 아니다. 꿈결에서도 잠결에서도 똑똑 물 새는 소리 듣는 수밖에.

한밤 낮은 울음소리

1

그날들에 대해서는 쓰고 싶지 않다
내 마음을 뒤흔들었던 그 모든
영혼의 도피는 북풍의 포효보다 처절했고
일찍이 모든 것들은 우리 눈앞에 존재했으나
지워버릴 수 없는 그 기억들은 냉혹하고 암울해서
결국 영혼 속 그 어두운 그림자가
사정없이 우리를 따라다녔다

2

이 도시, 이 어지럽고 시끄러운 인파 속에서
먼지 위로 또렷이 떠오르는 기억
한 사람의 영혼도 그렇게 빛나기를 나 얼마나 소망했던가
갑작스런 회상 속에서 나는
인간의 이상이란 그렇듯 실현되기 어려운 것임을 깨닫는다
어린 시절의 환상은
우리 모두에게 그저 삶의 순간일 뿐이었다

3

삶과 너를 거짓으로 꾸밀 수는 없다
고난이 해초처럼 이곳에 퍼지고 있다 해도
나 진심의 말을 들은 적도 많았으나
때로 우리는 그것을 회피하고
허망한 먼지 속에 깊이 영혼을 묻어두었다
말은 인간을 구원하기도, 더 깊은 나락으로 밀어넣기도 하지만
모든 것은 이미 돌이킬 수 없다

4

이상理想으로부터 걸어나온 것이
어쩌면 너의 온유와 행운이었을 테지만
한바탕 몰아치는 폭풍이 모든 것을 매몰시키듯
가벼운 동작 하나가 모든 것을 날려버릴 수도 있었다
네가 떠나갈 때 남겼던 바람은
오랫동안 사람들을 끝도 모를 비통 속에 살게 했으니

5

이 모든 것을 너는 알지 못한다

진정 영혼이 있다면
어째서 바람처럼 가볍게 떠다니지 못하는지
그 침중한 그림자로
진실한 마음들을 다치게 하는지
우리는 장차 어떻게 광명과 만나야 하나
마음의 무게에 짓눌린 신앙은 마땅히 가져야 할 빛을 잃었는데

6

떠나가면서, 네가 동경했던 그 고원을 지나가면서
어쩌면 너는 예전처럼
멀리서 부르는 사원의 종소리를 들었을지도 모르나
풀밭 위로는 수많은 영혼들이 소리 없이 떠돌고 있었으니
생명, 일찍이 생명은 그리 아름다운 것이었는데

7

환상과 실망을 안고
그리고 참을 수 없는 모든 것을 안고
떠도는 생명 이후의 의문이 되기로 결심한 순간
시간은 더이상 슬픔과 고통으로 뒤엉기지 않았으니
이제 시간은 이리도 무정히 흘러

그림자마저 희미하게 만들어버렸다

8

이것으로 이미 충분하다
더 쓸 필요도 없다
벌벌 떨며 그 비참한 나날로부터 걸어나왔던 너는
눈부신 햇살 아래서 문득
깨달은 것 있었으니
이치로는 설명할 길 없는 저주의 말들이
다시 사람을 미혹케 하고
생명의 욕망 가운데
너 단순하고 무력해졌을 때, 그때에는
죽음의 손이 네 목을 조여올 것임을

9

우리는 점점 늙어갈 것이나
너는 예전처럼 늘 함께할 것이다
수없이 많은 나날을 살면서
나는 고요 속에 울리는 낮은 울음소리 들어야 했지만
그 거절할 수 없는 갈망을 마주하고서

그 누가 진심으로 반성한 적 있었나

1985년 8월

*문화대혁명이 망쳐버린 것은 청춘이 아니었다. 가장 무섭고 비참한 파괴, 문화대혁명은 청년의 이상(理想)을, 사회적 이상을 짓밟아버렸다.

그날들은 끝났지만 여전히 계속된다. 어두운 그림자처럼 따라다닌다. 인간의 이상이란 얼마나 실현되기 어려운 것인지, 어린 시절 환상이란 얼마나 순진한 것이었는지, 시시각각 깨닫게 한다. 이상이란 본시 실현될 수 없는 것이라는 진심의 말을 듣고도 회피하고 영혼을 묻어둔 적도 있었다. 때로는 운 좋게 이상으로부터 벗어날 수도 있었지만 그것은 또한 모든 것을 날려버릴 수도 있는 위험과 비통임을 사람들은 알았다. 이상은 그런 것이었지만 이상은 그것을 잃어버린 사람들의 마음을 알아주지 않았다. 이상을 잃어버린 우리가 어떻게 다시 광명과 만날 수 있는지, 이미 빛을 잃어버린 신앙을 어떻게 회복할 수 있는지 알려주지 않았다.

이상을 잃어버린 영혼은, 일찍이 그리 아름다웠던 생명은, 환상과 실망을 안고 떠도는 생명 이후의 의문이 된다. 회의(懷疑)하는 이상은 없다. 이상이 없으면 시간의 슬픔도 고통도 없다.

그런데 문득, 이상이 사라진 나날로부터 벗어나 모든 비참을 끝냈다고 생각한 순간, 죽음의 저주가 목을 조여온다. 인간은 늙어가며 이상이 우는 소리 들어야 한다. 이상을 잃고도 울지 않았던 인간들이 진심을 다해 울고 반성해야 한다.

섣달에 내리는 눈

당신 곁에 와서
올 한해 가장 편안한 시간을 보냅니다

난로를 너무 후끈하게 때실 것 없습니다
이미 이곳은 충분히 따뜻하니까요
아무 생각 없이 한숨 자도 좋겠네요
어린 시절 꿈이나 꾸면서 말입니다

갈색 나무판자 벽에 기대니
어쩐지 그 구슬픈 흥얼거림
다시 들리는 듯합니다
창턱에서 패랭이꽃 조금씩 자라던
그 옛날 고향집은
벌써 없어졌겠지요

하루 또 하루 늦겨울 눈이 황혼에 내려앉습니다
정적 속으로 눈발이 유리창을 때리는 소리 들립니다

눈에 비쳐 반짝이는 창문 너머로
늙은 나무 가지 더욱 검어 보이고
녹은 눈 처마 끝에 떨어지는 소리에
오래도록 잠 못 들었습니다

내 어린 시절처럼
어머니는 이 방 저 방을 오가시며
그때나 지금이나 종일토록 일을 하셨고, 끝으로
내게 이불자락 끌어 덮어주시고서야 잠자리에 드셨습니다
흩날리는 눈발이 조금씩 내 지난 기억을 덮고 있습니다
어렴풋이 툭툭
잔가지 부러지는 소리 들립니다
따뜻한 난로 위에서
물주전자가 색색 숨을 쉽니다

1986년 12월

눈이 녹는 밤

눈은
조금씩 뒤꼍 그늘진 곳으로 물러나
하얗게
차가움과 따뜻함의 흔적을 그어놓는다
무거운 커튼을 친다
생명이 자신의 한쪽 구석으로 뒷걸음친다

그림 속에서
한 아이가 바다의 표면을 가볍게 열어젖히며
제일 먼저 촛불 밝힌 사람을 찾는다
이 고요한 환상이
타오르는 갈망을 가득 채운다

너는 바로
아득한 오후로부터 온 그 아이
시간의 터널을 지나고
달밤을 은백으로 흔들며
온 세기世紀가 조용히 기다려왔던 것처럼
가지 위에 내려앉은 눈을 순식간에 붕괴시켜버린 그것의 도래
결백한 적나라함
안개
돌연 길고 길었던 지난날이 쪼그라든다

사소한 회고가 되어버린다

눈이 녹는 이 밤이라고
어느 방에서나 떨어지는 물소리 들을 수 있는 것 아니니
서로가 만들어놓은 영혼의 고삐를 뚫고, 나는
적나라한 금빛으로 성숙한 열정을 갈망했던 것이니

생명은 흩날리는 눈처럼
따사로운 용해 속에서 자신의 선택을 감지하는 것

1990년 2월

수팅(舒婷, 1952~) ―――――――――――――――――――――――――――――――

중국의 대표 여성 시인 수팅은 1952년 푸젠성(福建省) 룽하이시(龍海市)에서 태어나 샤먼(厦門)에서 자랐다. 본명은 궁페이위(龔佩瑜)지만 부르기 어려운 이름이라는 이유로 궁수팅(龔舒婷)으로 개명했다.

은행장 아버지와 지식인 어머니 밑에서 유복하게 자란 수팅은 문화대혁명과 함께 아버지가 우파로 몰리고 어머니도 직장을 잃으면서 불행한 시기를 보내야 했다. 어릴 때부터 빅또르 위고, 발자끄(H. de Balzac), 마크 트웨인(Mark Twain) 등의 소설을 읽으며 위대한 문학가가 되기를 꿈꾸었던 그녀는 1969년 고등학교 재학 중 푸젠성 서부 산간지역으로 하향했다. 그곳에서 많은 지식청년들과 교류하며 사회현실을 반영하고 변화를 이끄는 문학의 힘을 깨닫게 된다. 1972년 어머니의 간병을 위해 샤먼으로 돌아가지만 이듬해 어머니는 돌아가시고, 수팅은 공장 노동자, 정비공, 통계원, 염색공 등으로 일하며 시를 쓰기 시작했다. 수팅의 시를 눈여겨본 시인 차이치자오(蔡其矯)가 1975년부터 그녀의 창작과 등단을 적극적으로 지원했고, 수팅은 베이다오, 망커 등의 문학잡지 『오늘(今天)』의 멤버로 합류하여 몽롱파(朦朧派)의 주요 성원으로 활약했다. 수팅의 시는 특유의 민감한 정서와 섬세한 언어감각, 풍부한 감정표현으로 문화대혁명 직후 경직되어 있던 중국 시단에 따뜻하고 신선한 바람을 몰고 왔다. 1980년부터 푸젠성 문학예술계연합회(文學藝術界聯合會) 소속 전업작가로 활동해온 수팅은 전국우수시인상과 우수시집상 등을 여러차례 수상하였고, 현재 중국작가협회 이사 및 작가협회 푸젠지회 부주석을 맡고 있다. 부드러운 개인의 서정을 솔직하고 힘있는 언어로 표현해낸 그녀의 작품은 초·중·고등학교 국어교과서에 수록되어 전국민이 애송하고 있다. 중국인이 가장 사랑하는 시인 중 하나로 꼽히는 그녀는 현재 푸젠성 샤먼에 살고 있다.

시집 『쌍돛단배(雙桅船)』(1982) 『수팅·구청 서정시선(舒婷·顧城抒情詩選)』(1982) 『노래하는 붓꽃(會唱歌的鳶尾花)』(1986) 『시조새(始祖鳥)』(1992) 『수팅의 시(舒婷的詩)』(1994) 등이 있다.

벽

나는 벽과 맞설 수 없다,
그저 맞서고 싶을 뿐이다.

나는 무엇인가? 벽은 무엇인가?
그것은
점점 늙어가는 나의 피부임에 분명하다
비바람의 써늘함을 느낄 수도
미자란¹ 향내를 맡을 수도 없다
나는 한포기 질경이인지도 모른다
장식품처럼
벽의 틈새에 기생하는 그런 존재
나의 우연이 벽의 필연을 결정하는

밤중에, 벽이 움직이기 시작한다
부드러운 위족僞足을 뻗어
나를 짓누른다
나를 협박한다
나더러 온갖 형상에 맞추라 한다
나는 질겁해서 거리로 도망쳐왔으나
똑같은 악몽이
모든 사람들의 발꿈치에 걸려 있음을 발견한다
겁먹은 눈빛들

차디찬 벽들

나는 비로소 깨닫는다
내가 우선 맞서야 할 것은
벽과의 타협임을, 그리고
이 세계에 대한 불안감임을

---

1 米仔蘭. 중국 남부지방에서 분포하는 난초의 한종류. 한국에서는 '자란(紫蘭)'이
라고도 한다.

*벽은 장애물이다. 어떤 사람은 그 벽을 넘고, 어떤 사람은 돌아서 다른 길을 가
고, 또 어떤 사람은 벽을 부순다. 그러나 때로 벽은 외부의 장애가 아니라 자기
안에 존재하는 비겁한 자아의 얼굴이다. 점점 각질화되어가는 사고와 감각이다.
그 벽은 자의식이 가장 예민한 순간에 자아를 압박한다. 자의식을 버리고 온갖
형상에 자아를 맞추라고. 사람들은 누구나 자기 안에 존재하는 비겁한 자아의
벽에 걸려 허우적댄다. 자아가 맞서야 할 것은 그같은 압박에 대한 타협이다. 아
직 일어나지도 않은 일들에 대한 막연한 불안감이다.

드림

당신 때문에 서운해 견딜 수가 없습니다
달빛이 흐르던 뱃전에서
가랑비 흩날리던 길에서
당신은 어깨를 움츠리고, 팔짱을 낀 채
추위를 두려워하듯
당신의 생각을 깊이 숨겼지요
당신 곁에서 내 걸음이
얼마나 더딘지도
알아채지 못했습니다
만약 당신이 불이라면
나는 석탄이고 싶어요
이렇게 당신을 위로하고 싶지만
차마 그럴 수가 없습니다

당신께 경의를 표합니다
한밤중까지 불이 켜진 당신의 창 때문에
책상 앞 구부정한 당신 모습 때문에
엄청난 봄 홍수가
당신 강가를 느리게 지났노라며
자신의 깨달음 내게 털어놓으면서도
매일밤 당신 창 앞을 지나며
내가 무슨 생각 하는지는

묻지 않았습니다
당신이 나무라면
나는 흙입니다
이렇게 당신에게 얘기하고 싶지만
차마 그러지 못합니다

1975년 11월 11일

*수팅은 사랑을 구걸하지 않는다. 사랑을 "드림(贈)"으로써 사랑을 실현하고, 모든 것을 함께 나눔으로써 완전해지려 한다. 사랑하는 이의 모든 생각을 알아 위로할 수 있는 사랑, 멀리서 지켜보는 사랑, 불과 석탄의 사랑, 나무와 흙의 사랑을 꿈꾼다.

추모──박해받고 숨진 어느 노시인을 기념하며

당신이 못다 가신 길, 제게 가리켜주십시오,
　당신의 종점에서 제가 출발케 하십시오.
당신이 이제 막 쓰신 노래, 제게 주십시오,
　온 길에 불꽃을 파종하겠습니다.
당신은 점차 산산이 부서진 꿈을
　상처 입은 마음을,
　그리고 훼손당한 재능을 묻으셨지만.
그러나 자유에 단단해진 당신의 음성만은, 결단코
　목숨이 다해도 사라지지 않을 것입니다.
당신이 묻히신 곳, 흙으로 덮인 것은
　족쇄에 묶였던 유골이 아닙니다.
가련한 어머니 대지가, 눈물을 머금고 품으셨던 것처럼
　그 무수한 치욕과 죽음은,
여기서 큰 나무로 자라,
　우뚝한 이정표가 될 것입니다,
당신이 갈망하던 방향으로
　당신이 추구하던 먼 곳으로 가지를 뻗을 것입니다.
당신은 왜 희생되셨습니까? 당신은 어디에서 쓰러지셨습니까?
시대는 손을 늘어뜨린 채 답할 힘을 잃었습니다
역사는 얼굴을 가린 채 말을 하지 못합니다
그러나 훗날, 인민들이 전장을 치우게 되는 날,

조국의 가슴에서,
꺾인 날개 같은 당신의 깃발과
   피 묻은 나팔을 거둘 것입니다……

시는 당신의 숭고한 생명으로 말미암아 불후하며,
생명은 당신의 불후한 시로 말미암아 위대합니다.

1976년 11월

----

*이 시는 억울하게 죽어간 모든 시인들을 향한 진혼곡이다. 그리고 이제 스스로 시인으로 살게 될 수팅 자신의 결의문이다. 불꽃을 파종하고, 산산이 부서진 꿈을 수습하여 큰 나무 이정표를 꽂는 일, 그것은 이제 수팅의 몫이다. 시인들이 왜 억울하게 희생되었는지 대답하지 못하는 시대와 역사를 대신하여 인민들과 함께 시인의 깃발과 나팔을 거두는 것도 수팅의 몫이다. 수팅은 자신이 시를 써야 하는 이유를 여기에서 찾는다. 그리고 모든 위대한 시인을 이렇게 기억한다.
"시는 당신의 숭고한 생명으로 말미암아 불후하며, / 생명은 당신의 불후한 시로 말미암아 위대합니다."

늦가을 밤의 베이징

1

밤이, 천천히 가로등의 경계를 넘어간다
별빛을 끄러 간다
바람이 바싹 따라와, 포플러 잎을 흔들어놓는다
조수潮水 같은 소란이 인다

우리도 가서
하늘을 쟁취하자
아니면 작은 잎이라도 되어서
숲의 노래에 화답하자

2

당신 앞에서 작아지는 것 두렵지 않다
쌩쌩 달리는 저 자동차들이
이 도시의 장엄을 쓸어버리게 하라
세상은 당신 어깨 너머에
안전한 틈 하나 가질 수 있을 테니

전조등이 뚫고 지나간 밤
귤색 지평선 위에서

우리는 참으로 외로웠다
하지만 내 희미한 그림자
당신과 함께 서 있었다

3

당신이 그저 당신이고
내가 그저 나였을 때
우리는 다투고
화해하는
이상한 친구였다

당신이 더이상 당신이 아니고
내가 더이상 내가 아니게 되었을 때
우리들 사이에는
녹는점도 없고
어떤 틈도 없었다

4

만약 당신이 없다면
만약 타향이 아니라면

보슬비, 낙엽, 발소리가 아니라면

만약 설명할 필요가 없다면
만약
　차단 봉, 횡당보도 선, 경광봉을 설치할 필요가 없다면

만약 만나지 않았다면
만약 만남이
　외로움, 그림자, 무료함을 잊게 해준다면

5

나는, 이 순간이
서서히 사라져
과거가 되고
기억이 되는 것을 느낀다
애매하게 반짝이는 당신의 미소가
줄줄 눈물 속을
떠다닌다

나는, 오늘밤과 내일밤 사이에
기나긴 일생이 가로놓였음을 느낀다

마음과 마음은, 얼마나 긴 여정을 거쳐야
세상 한 모퉁이에서 서로 만나게 될까
그대여 잠시만
서 있으라. 가로등 아래
내 아무 말 없이 돌아서 갈 테니

6

당신 등 뒤로 밤의 빛이 모여든다
당신은 별이 빛나는 하늘로 걸어가
풀리지 않는 수수께끼가 된다
차가운 눈물 한방울
'영원'의 얼굴에 매달려
내 끝나지 않은 꿈속으로 숨어든다

1979년 12월

추석 밤

음력 팔월 추석이면 섬에는
파초 잎 일렁이고
농익은 용안²이 떨어지는데.
'꽃 피는 아침, 달 밝은 밤'은 고사하고
해마다 비바람 몰아치는 때.
열정이 10급 태풍 몰아오면
마음은, 어디에 닻을 내릴지 알 수 없어라.

이미 길은 선택했으니,
장미꽃이 없다고
후회한 적 없었네.
달빛 속에서 사람들은 쉽게 꿈길을 걷고,
갈망하던 것을 얻으면 온유를 알게 되는 법.
이렇게 피가 끓어넘치게 하지 않으려면
분명 스물네살의 오만함만으로는 부족할 터.

듬직한 어깨가 있어야
피곤한 머리 기댈 수 있고,
짝을 이룬 손이 있어야
가장 묵직한 시각 버틸 수 있네.
생명은 온전히 모두 바쳐야 하는 것임을
알더라도

조금쯤은 자신에게 남겨놓을 일,
조금쯤은 우울할 것이니.

어쩌면? ― 어느 작가의 외로움에 드리는 답

어쩌면 우리 마음속 시름을 아는
　　독자가 없는 것이겠지요
어쩌면 처음부터 길은 틀어져 있어서
　　그 끝도 틀어진 것이겠지요
어쩌면 우리는 초롱마다 불을 밝혔으나
　　바람에 모두 꺼져버린 것이겠지요
어쩌면 생명이 촛불 되어 어둠을 불사르고도
　　몸을 녹일 온기조차 없는 것이겠지요

눈물을 모두 쏟는다면
　　땅은 더 비옥해지겠지요
우리가 태양을 노래하면
　　태양이 우리를 노래하겠지요
어깨가 무거워질수록
　　신념이 우뚝 솟겠지요
온갖 고난을 위해 비명을 지른다면
　　개인의 불행에 대해서는 침묵하게 되겠지요

어쩌면
저항할 수 없는 부름 때문에
우리에게 다른 선택은 없는 것이겠지요

1979년 12월

한 세대의 외침

나는 결코 개인적인 원한을
호소하는 것 아니니
잃어버린 청춘이,
비틀어진 영혼이,
무수한 불면의 밤이
고통스러운 기억들을 남겨놓았음이다.
나는 모든 정의正義를 뒤집어엎었고,
하나하나 족쇄도 부숴버렸지만,
가슴에는 다만
끝없는 폐허만 남아 있다……
하지만, 나는 일어섰다.
광활한 지평선 위에 일어섰다.
이제 그 누구도, 그 어떤 수단도
나를 다시 넘어뜨릴 수 없다.

내가 만약, '열사'의 무덤에 눕는다면,
석판에 새긴 글씨에 푸른 이끼 침식하겠네,
내가 만약, 철창을 맛본다면
수갑과 더불어 진정한 법에 대해 논쟁하겠네,
내가 만약, 초췌한 몰골을 형용한다면
속죄하듯 기한도 없는 노동,
이것이 만약, 단지

나만의 비극이라면—
나는 벌써 용서했겠지,
내 눈물과 분노 또한
이미 멎었겠지.

그러나, 아이들의 아버지를 위해
아버지들의 아이를 위해
각지각처의 기념비 아래서 들려오는
저 소리 없는 질책 때문에 더이상 떨지 않기 위해
한때 길에서 노숙하던 장면 떠올리며
눈 둘 데 몰라하는 일 더이상 없기 위해
백년 후에 천진한 아이들
우리가 남긴 역사에 대해 추측하지 않도록 하기 위해,
조국의 이 공백을 위해,
민족의 이 기구함을 위해,
하늘의 순결과
　길의 진실을 위해
나는 진리를 요구한다!

1980년 1~2월

*동일한 시대, 동일한 역사 위에 서 있었다고 사람들의 잃어버린 청춘이, 비틀어진 영혼이 똑같은 말로 정의(定義)될 수 있을까. 그 모든 정의를 뒤집어엎는다고, 가슴속 폐허조차 사라지는 것일까. 모든 것을 깨닫고도 다시 일어설 수 있다면 죽음도, 철창도 두렵지 않은 것인가.

그러나 이 모든 것이 나만의 비극이 아니었기에, 저 많은 아버지의 비극이 다시 아이들의 비극이 되지 않도록, 조국과 민족을 위해, 시인은 진리의 시를 쓴다. "한 세대의 외침"을 쏟아낸다.

위젠(于堅, 1954~) ────────────────────────────

1954년 윈난성(雲南省) 쿤밍(昆明)에서 태어났다.

몽롱파의 뒤를 잇는 '제3세대(第三代)' 시인의 대표 주자다. 평범한 소시민의
삶을 지극히 평이한 언어로 표현하는 세속적이고 평민적인 시를 추구하면서
도 자신의 세계관을 독특한 철학적 시풍으로 풀어내는 시인이다.

문화대혁명으로 모든 학교에 휴교령이 발령된 14세에 학업을 중단한 위젠은
9년간 공장과 농장을 전전하며 용접공, 짐꾼, 농장 근로자 등으로 일했다. 문
화대혁명이 끝난 후 대학에 진학하여 1984년에 윈난대학(雲南大學) 중문과를
졸업했다. 20세부터 시를 쓰기 시작한 위젠은 대학 졸업 후 1985년에 한둥(韓
東), 딩당(丁當)과 함께 문학잡지 『그들(他們)』을 창간하고, '구어(口語)를 사
용한 일상생활의 시적 표현'을 주장하면서 '그들'이라는 이름으로 몽롱파 이
후를 대변하는 제3세대 시인의 하나가 된다. 1986년에 발표한 「상이가 6번지
(尙義街六號)」는 위젠의 시적 특징이 잘 드러난 작품으로, 발표와 동시에 중국
문단과 독자들의 주목을 받으며 당대 중국시의 새로운 이정표를 세웠다는 평
가를 받았다. 1990년대 말 중국 시단을 뜨겁게 달구었던 '지식인 글쓰기(知識
分子寫作)'와 '민간입장(民間立場)' 논쟁에서, 위젠은 현실 속의 상식적이고 보
편적인 삶과 사물로부터 시의 주제를 발견하고 일상의 시 미학을 구축할 것
을 주장하는 '민간입장' 글쓰기를 대표하게 된다. 위젠은 1989년 첫 시집 『시
60수(詩六十首)』 이후 현재까지 10권이 넘는 시집을 출판하였으며, 루쉰문학
상을 비롯하여 『인민문학(人民文學)』 시인상, 중국어문학 미디어대상 시인상
등을 수상했다.

시집 『시 60수』(1989) 『까마귀에 대한 명명(對一隻烏鴉的命名)』(1993) 『하늘
을 뚫는 못(一枚穿過天空的釘子)』(1999) 『위젠의 시(于堅的詩)』(2000) 『메모집
(便條集)』(2001) 『0당안(0檔案)』(2004) 『저 사람은 누구인가: 시집 2007~2011
(彼何人斯: 詩集2007~2011)』(2013) 등이 있다.

상이가(尙義街) 6번지

상이가 6번지
불란서식 황토색 주택
이층에는 라오우老吳의 바지가 널려 있다
그를 부르면   안경 낀 머리통을 바짓가랑이 사이로 내민다
바로 옆 변소에는
매일 아침 긴 줄이 늘어선다
황혼이 찾아오면   우리는 늘
담뱃갑을 까고   주둥이를 열고
불을 켠다
벽에는 위젠于堅의 그림이 걸려 있지만
사람들은 그렇게 생각하지 않는다
아는 거라곤 반 고흐밖에 없으면서 말이다
라오카老卡의 셔츠는   걸레처럼 구겨져 있어서
우리는 그걸로 손에 묻은 주스를 닦는다
그는 만날 야한 책을 뒤적이다가
연애를 했고
둘이서 툭하면
여기서 싸우고   시시덕거리다가
어느날 이별을 선언했다
친구들은 속 시원해하며   좋아라 했다
다음날 그는 청첩장을 보내왔고
모두들 옷을 빼입고   잔치에 갔다

테이블 위에는 손으로 쓴 주샤오양朱小羊의 원고가 펼쳐져 있었다
아무렇게나 갈겨쓴 글씨가
잡종 경찰 놈처럼 우리를 노려보고 있었다
벌겋게 충혈된 실눈을 보면서
우리는 유행하는 시詩처럼
두루뭉수리로 말할 수밖에 없었다
리보李勃의 슬리퍼가 페이자費嘉의 구두를 밟았다
그는 이미 유명하다   파란색 회원증도 가지고 있다
그는 언제나 위층에 누워서
어떻게 신발을 신어야 하는지
어떻게 오줌을 누고   반바지를 빨아야 하는지
배추는 어떻게 볶아 먹고 잠은 어떻게 자야 하는지를 우리에게
일러준다
82년 베이징에서 돌아왔을 때
그는 이전보다 묵직한 외투 차림으로
문단의 내막을 얘기했는데
마치 작가협회 주석 같은 말투였다
차茶는 라오우의 것   전기계량기는 라오우의 것
마룻바닥은 라오우의 것   이웃은 라오우의 것
마누라는 라오우의 것   웨이수핑¹은 라오우의 것
가래 담배 공기 친구는   라오우의 것이었지만
라오우의 펜은 서랍 속에서

좀처럼 나오지 않았다
창녀 없는 도시에서
숫총각들은 노련하게 여자 얘기를 했지만
어쩌다 치마 입은 아가씨라도 들어올라치면
하나같이 단추를 단속했다
그 시절 우리 모두는 치마 속으로 들어가고 싶어 안달하면서도
허리를 굽힐 생각은 없었다
위젠은 아직 유명하지 않았고
언제나 욕을 먹으면서도
날짜 지난 신문지 가득
의미심장한 필명들을 써내려갔다
사람들이 두려워했던 어떤 사람은
모처某處에서 일을 했다
"그 친구는 딴마음이 있어서 온 거야,
우리는 아무 말도 해선 안돼!"
삶의 나날은 궂은 날씨의 연속이어서
툭하면 재수없는 일이 생기곤 했고
우리는 페이자의 최근작을 씹어대며
주샤오양한테 좀 배우라 했다
그러고 나면 샤오양은 지갑을 만지작거리며
우물쭈물 얼버무렸고
여덟개의 입들은 껄껄거리며 자리에서 일어났다

그 시절은 지혜의 시대였다
그 수많은 대화를 녹음했더라면
명작 한권쯤 나왔을지도 모른다
그 시절은 소란스러운 시대였다
수많은 인물들이 여기서 출현했다
지금 시내에 가서 물어보면
모두 명성이 자자하다
바깥에 보슬비가 내리고 있다
우리는 거리로 나갔다
텅 빈 변소에서
그는 처음으로 혼자 볼일을 봤다
결혼을 한 사람들도 있고
유명해진 사람들도 있다
서부로 가려는 사람도 있다
라오우도 서부로 가려 한다
모두들 그가 사내다운 척한다 욕하면서도
내심 불안불안 하고 있다
우원광吳文光   네가 가버리면
오늘밤 나는 어디 가서 밥을 얻어먹냐
고맙다 미안하다   시끌시끌 와글와글
마침내 모두 가버리고
텅 빈 바닥만 남아 있다

마치 낡은 레코드판처럼   이제 더이상 소리를 내지 않는다
다른 곳에서
우리는 종종 상이가 6번지에 대해 이야기한다
세월이 훌쩍 지난 어느날
아이들이 견학하러 올지도 모른다고

1984년 6월

---

1 胃舒平. 위장약 이름.

＊1949년 이후 중국 시는 정치선전을 위한 나팔이었다. 시는 정치적 목적에 맞추어 현실을 왜곡하고 과장했다. 위젠의 「상이가 6번지」는 30년 이상 계속된 시적 관행에 대한 반기였다. 무엇보다 이 시는 자연주의적인 진실을 고수한다. 일상의 자질구레한 디테일을 가감 없이 보여주지 않고서는 중국 시의 고질병을 치료할 수 없다는 듯이. 위젠은 말했다. "이 시의 가장 중요한 요소는 유머다. 그 시대 중국은 웃음기라곤 찾아볼 수 없을 만큼 경직돼 있었다. 나는 일상의 소중함과 신성함을 보여주고 싶었다."
몽롱파의 정치적 코드와 엘리트주의를 의심하면서 위젠은 자신이 나고 자란 고향과 일상의 의미를 시에 담기 시작했다. 이제 시에는 현실정치의 구조나 문제가 사라지고 무의미해 보이는 일상의 순간들이 자리 잡는다. 등장인물 역시 시속의 일상을 살았던 실존인물들이다. 개발과 도시화의 광풍이 몰아치기 직전 쿤밍 "상이가 6번지"의 단조로운 일상을 채웠던 흥미롭고 개성적인 인물들은 위젠의 대학 동창들이다. 그들은 라오우(老吳, 우원광)의 집을 아지트 삼아 가난하고 비루하지만 순수한 나날을 보냈다. 이후 라오우는 주샤오양(朱小羊)과 신장(新疆)으로 갔다가 다큐멘터리 감독이 되었다. 본명이 천젠(陳堅)인 라오카(老卡)는 카프카(F. Kafka)에 심취하여 이름을 천카(陳卡)로 개명했다. 당 간부 아들 리보

(李勃)는 베이징에 살고 있으며, 페이자(費嘉)는 윈난의 유명 시인이 되었다. 이들의 일상은 이제 그 시절과 다르다. 모두 명성이 자자해졌고 "상이가 6번지"도 철거를 앞두고 있다. 시끌벅적한 재회가 끝나면 그들은 이제 그곳에서 모이지 않을 것이다. 일상의 편린이 추억이 되고, 역사가 되고, 허망함이 되는 시간의 흐름 속에서 줄을 서서 볼일을 보던 그 시절을 안타깝게 그리워할 것이다.

까마귀에 대한 명명

까마귀는 보이지 않는 어딘가로부터
발가락으로 가을 하늘의 구름을 박차고 나와
바람과 빛을 늘어뜨리고 있는 내 눈앞 하늘로 잠입한다
까마귀의 기호는   밤의 수녀가 고아 만든 황산黃酸이다
피융피융 새들의 둥지를 뚫고
내 마음의 나뭇가지로 추락한다
어린 시절 고향의 나무 꼭대기 까마귀 둥지를 정복하려던 것처럼
내 손은 더이상 가을 풍경을 더듬을 수는 없다
손은 다른 나무를 기어올라   다른 까마귀를
그의 어둠으로부터 끄집어내려 한다
까마귀는   지난날 그저 새고기의 하나였고   털 뭉치와 창자
였지만
지금은   서술의 욕망   말의 충동이다
어쩌면   비운에 직면한 자기위안이나
불길한 그림자로부터의 탈출인지도 모른다
이런 일은 눈에 보이지 않는 것이어서   어릴 적보다
대범한 손을   날카로운 부리 가득한 구멍에 집어넣기가   훨
씬 어렵다
까마귀 한마리가   내 마음속 광야에 깃들 때
내가 말하고 싶은 것은   그것의 상징이 아니다   그것의 은유
나 신화가 아니다
내가 말하고 싶은 것은   그저 까마귀 한마리일 뿐이다   그때

처럼

　나는 한번도 까마귀 둥지에서 비둘기를 꺼내본 적이 없다

　어릴 때부터 지금까지　내 두 손에는 언어의 굳은살이 박여 있
지만

　시인이 되고서도　나는 여태껏 까마귀 얘기를　꺼낸 적이 없다

　모든 것을 알 만하고　각종 영감과　수사법과 압운에 능통한
나이가 되어

　처음 글을 쓸 때처럼　가지치기하듯 잉크병에 펜을 담근 채

　생각한다　이 까마귀를 다루는　형태소를　시작과 동시에
검게 물들여야 한다

　껍데기　뼈와 살　피의 흐름과

　하늘에서 펼쳐지는 비행　모든 것을 검게 물들여야 한다

　까마귀는　검게 물든 시작으로부터　검게 물든 결말을 향해
날아간다

　검은 물은　태어나자마자 영원한 고독과 편견 속으로 진입한다

　무소부재의 박해와 추포追捕 속으로 진입한다

　그것은 새가 아니다　그것은 까마귀다

　악의에 가득 찬 세상은　매초마다

　일만개의 변명을 가지고 있는 세상은　광명 또는 미美의 이름
으로

　어둠의 세력을 대표하는 이 살아 있는 표적을 향해　총을 쏜다

그렇다고 그것이 까마귀가 아닌 그 무엇으로 도망치지는 않을
것이다

더 높이 날아올라   매의 자리를 넘본다거나

더 낮게 내려가   개미의 해발海拔에 잠입하지는 않을 것이다

하늘의 구멍을 뚫는 자   그것은 자신의 검은 동굴   자신의 검
은 드릴

그것은 자신의 고도에서만   까마귀의 고도에서만

자신의 방위를   자신의 시간과   승객을 조종한다

그는 유쾌하고   입이 큰 까마귀일 뿐이다

그의 바깥   세상은 억측일 뿐이다

까마귀 한마리의 무궁무진한 영감일 뿐이다

그대들   광활한 하늘과 대지   광활 밖의 광활은

그대들   위젠于堅과 한 세대 또 한 세대의 독자는

모두 까마귀 둥지 속 먹이들이다

나는 이 까마귀가   수십개의 단어를 지우기만 하면   묘사될
수 있는 것이라 단언한다

묘사의 결과   그것을 하나의 검은 상자라 해보자

그러나 나는 상자의 열쇠를 누가 갖고 있는지

까마귀를 흑암 속에 가둬둔 비밀번호를 누가 조합했는지 알 수
없다

두번째 묘사에서 그것은 각반을 찬 목사로 출현한다

이 성자聖子는 천당 담 밑에서　입구를 찾고 있다

하지만 나는　까마귀의 거처가　목사보다　하느님 계신 곳에 더 가깝다는 것을 안다

어느날 교회당 첨탑 위에서 까마귀가

그 나사렛 사람의 옥체를 엿봤는지도 모를 일이다

내가 까마귀를 영원의 밤이 사육하는 백로라고 묘사하자

한 무리 구체具體의 새들이　백로의 빛을 발하며　내 옆 저 눈부신 늪을 향해 날아갔다

이 사실은 즉시 비유에 대한 내 모든 자신감을 잃게 만들어

"낙하하다"라는 동사를 그것의 날개 위에 올리자

그것은 오히려 비행기의 풍모로 "높은 하늘에 회오리바람을 일으켰다"

내가 그것에게 "침묵沈黙"을 말하자　그것은 오히려 "무언無言"으로 버텼다

나는 이 극악무도한 무당 새가 내 머리 위 하늘에서

수많은 동사들을　까마귀의 동사를 견인하고 있는 것을 보았지만

나는 그것들을 말할 수가 없다　내 혀는 온통 그 못에 박혀 움직일 수가 없다

나는 그것들이 하늘로 빠르게 상승하고　도약하고

햇빛 속에 가라앉았다　다시 구름 위로 모여드는 것을 본다

자유자재로　변하고 결합하는 까마귀의 각종 도안들

그날 나는 속 빈 허수아비처럼   빈 땅에 서 있었다

모든 생각을   까마귀 한마리에 침전시킨 채

나는 또렷하게 까마귀를 느꼈다   그 어둠의 살과

어둠의 심장을 느꼈다   하지만 나는 이 햇빛 없는 성城에서 도망칠 수가 없었다

그가 하늘을 날아야   내가 하늘을 나는데

나는 또 어떻게 까마귀 바깥 그곳에서   그것을 잡을 수 있을까

그날   내가 파란 하늘을 올려다보았을 때   모든 까마귀들은
이미 검게 물들어 있었다

시체를 먹는 족속들을   내 일찍이 보려 했으나 보지 못하다가
고향 하늘에서

한번 그들을 잡은 적이 있었다   그때 나는 얼마나 천진했던지

그 죽음의 악취를 맡자마자   어쩔 줄 몰라 손을 놓고 말았다

하늘에 대해   내 일찍이 종달새와   흰 비둘기에만 주목했어
야 했다

내 어려서부터 이 아름다운 천사들을 알고 사랑했었다

하지만 그날   나는 새를 보고 말았다

추하디추한   까마귀의 색깔을 가진 새

하늘의 회색 밧줄에 매달려

목각 인형처럼 빳빳하게 당겨진   수난受難의 두 다리

공기의 언덕에 비스듬히 걸친 채

무언가를 중심으로

거대하고 허무한 동그라미를 그리고 있는

그날　　나는 보이지 않는 어딘가에 매달려 있는

불길한 외침을 들었다

나는 생각했다　　무슨 말로

세상을 향해　　그 보이지 않는 소리들을

내 결코 두려워하지 않는다 할까

1990년 2월

---

*까마귀는 왜 까마귀인가, 까마귀는 언제부터 까마귀였나…… 내가 까마귀의 실재를 의식한 시점부터 까마귀에 관한 모든 상식은 회의(懷疑)의 대상이 된다. 그저 새고기의 하나, 털 뭉치와 창자였던 그것이 서술의 욕망을 일깨우는 말의 충동이 된다.

기표와 기의의 간극, 영감과 수사의 갈등 속에서 모든 사물이 제자리를 찾기 위한 도전을 시작할 때, 시인은 처음 글을 쓸 때처럼 수식의 욕망을 잠재운 채 말의 가지치기를 해야 한다. 묘사를 위해서는 오히려 단어를 지워야 한다. 묘사는 마치 검은 상자처럼 존재의 본질을 영원히 풀리지 않는 수수께끼로 만들 뿐이다. 제아무리 생생한 묘사도 구체(具體)에 의해 위협받고 무력해진다. 그렇다면 모든 사물에 내재된 고독과 편견을 직시하고, 태어나자마자 주어진 까마귀라는 이름에 깃든 세상의 악의와 변명을, 살아 있는 표적을 향한 총질을 간파해야 한다. 명명이 달라진다고 본질까지 달라지지는 않을 것이다. 오히려 이름에 걸맞은 유쾌한 존재가 될 수 있을 것이다. 그러므로 까마귀에 대한 모든 편견은 바깥세상의 억측일 뿐이다. 시인 '위젠'에 대한 편견 역시 까마귀의 그것과 다르지 않다.

우리 모두는 까마귀를 둘러싼 음모의 희생물일 뿐이다. 이제 까마귀라는 이름이 아닌 까마귀 자체에 집중해야 한다. 까마귀 자체를 느껴야 한다. 그 어둠의 살과 심장을 느껴야 한다.

그러나 까마귀 자체를 느끼는 것은, 그 어둠의 실제를 느끼는 것은 불길한 외침을 듣는 일이다. 회색 밧줄에 매달려, 목각 인형처럼 뻣뻣하게 당겨진 수난의 두 다리가 그리는 허무의 동그라미를 보는 일이다. 차라리 까마귀를 보지 말아야 했나, 종달새나 흰 비둘기에만 주목할 걸 그랬나…… 이것은 세상에 대한 나의 두려움인가, 그것이 아니라면 어떤 말로 나는 두렵지 않다고 묘사할 수 있나……

추락하는 소리

나는 그 소리의 추락을 들었다   어떤 높은 곳에서
수직으로 떨어지는   그 소리   나는 그것의 시작과
아래쪽에서의 멈춤을 들었다   방 안에서의 울림에   나는 몸
을 돌렸고
내 뒤에서 나는 그 소리를 들었다   그것은 방바닥이나
혹은 바닥과 천장 사이에 있는 것 같았다   하지만 거기에 여유
가 생긴 곳이나
위치를 벗어난 것은 없었다   뜻밖에도   모든 것은 원래대로
고정되어 있었다
시멘트를 통과한   못   끈   나사와 본드
그리고 모든 사물들이 꼼짝없이 아래로 향하고 있었다   바닥
에 고정된 탁자도   아래로 향하고 있었다
탁자 위에 고정된 책도 아래로 향하고 있었다   책에 고정된 문
자도   아래로 향하고 있었다
하지만 시간 속에서   11시 20분에 추락한 것은 무엇일까
괘종시계와 등나무 의자를 가로질러 아래로 떨어진 것은 무엇
일까
그것은 분명 서가書架와 서가 위의 저 도자기 말[馬]도 지나갔을
것이다
그것은 분명 다른 층 방에서 내려왔을 것이다   나는 그것이 온
갖 사물을
광선   카펫   시멘트 바닥   석회   모래   전등을 지나고

목판과 수건을 지나는 소리를 들었다

　혁명의 시대에　　이 감방에서 저 감방으로 비밀리에 죄수를 옮기는 것 같은 소리

　이곳은 과수원과는 거리가 멀다　　돌맹이나 모든 구체球體와는 거리가 멀다

　지금은 장마철도　　큰바람이 부는 봄도 아닌데

　그것은 무슨 추락이었을까　　11시 20분과 21분 사이

　그냥 지나치기 쉬운 그 추락을 나는 분명히 들었다

　어떤 사물도 손상되지 않았고　　어떤 사건도 이 소리와는 무관했기 때문에

　커다란 유리가 떨어질 때처럼 사방에 흩어지지도 않았고

　운석隕石처럼 주위를 진동시키지도 않았지만

　그 소리는　　매우 또렷해서　　충분히 귀에 들렸던

　묘사나　　형용 또는 비유가 힘든　　다른 귀를 통한 증명도 어려운

　그것은 무슨 추락이었을까　　오직 나하고만 관련된 이 추락은

　저기에서 멈추었다　　내 몸 뒤　　공간과 시간의 어떤 위치에

1991년 8월

....
* 감각을 초월하여 감지되는 내면의 추락⋯⋯ 소리도 없고, 흔적도 없지만 너무
나 생생해서 도저히 무시할 수 없는 추락의 감지, 그것은 시인의 내면에서 시작
된 추락이다. 묘사나 형용이나 비유가 힘든, 다른 귀를 통한 증명도 어려운 그것
은 나하고만 관련된 추락이며 내 몸 뒤의 공간과 시간을 점유하는 실제적 추락
이다.
내면이 무너져 내린 그 시간, 11시 20분과 21분 사이로부터 시인은 근본적으로
다른 삶을 살아야 한다. 모든 사물들이 꼼짝없이 아래로 향하고 있어도, 모든 것
이 제자리를 지키고 있어도, 이미 시작된 내면의 추락은 무엇으로도 대체할 수
없는 불안이다. 그것은 모든 것을 관통한다. 아이러니하게도, 어린 시절부터 난
청을 앓았다는 위젠은 이리도 예민하게 자기 내면에 귀 기울이고 있다.

306

하늘을 뚫는 못

줄곧 모자에 가려져 있었다   그러던 어느날
낡아서 해져버린 모자가 바닥에 떨어졌고   그것은 그제야 벽
에서 튀어나왔다
여러해 전   그것을 벽에 박던 동작이
방금 멈춘 것처럼   조그맣게 정지해 있는 금속이
벽에 드러난 못대가리가 햇빛을 뚫는 중이었다
여태껏 지녀본 적이 없는 날카로움으로 파고드는 중이었다
거기서   그것은 햇빛만이 아니라
방과 하늘도 뚫고 있었다
그것은 실재적이고   깊은 곳으로부터
공허하고   얕은 곳을 향해   대가리를   찔러넣고 있었다
이런 진입은 하늘과 얼마나 꼭 들어맞는 것인지
단순한 마음과 얼마나 꼭 들어맞는 것인지
하늘을 뚫는 못은
이제 막 제위에 오른 군왕처럼
날카롭게   광활하게   사방에 빛을 뿌린다

1996년

* 못은 벽에 대한 공격의 결과물이며 벽 바깥 공간에 대한 빛나는 영향력이다. 수
직의 벽은 권위의 등가물, 비판을 허용하지 않는 시공(時空)이다. 모자는 이런 사
실에 대한 은폐 수단이다. 그러나 못이 제 모습을 드러내는 순간, 햇빛이 그 실재
에 닿는 순간, 오직 벽을 뚫으려 했던 못의 단순한 본질이 위력을 발한다. "이제
막 제위에 오른 군왕처럼 / 날카롭게 광활하게 사방에 빛을 뿌린다". 자신의 본
질에 충실할 때, 못도 하늘을 뚫을 것이라는 시인의 신념.

구청(顧城, 1956~93)

1956년 베이징에서 태어난 '몽롱파(朦朧派)' 시인이다.

5세부터 시를 썼다고 알려진 그는 1969년 문화대혁명으로 산둥성(山東省)에 하방된 아버지를 따라가 시대 분위기와 단절된 청소년기를 보내고 1974년 베이징으로 돌아온다. 허드렛일로 생계를 이어가며 중국 고전과 서양 미술에 심취했던 구청은 저우언라이(周恩來)의 죽음으로 야기된 톈안먼(天安門) 시가운동이나 마오쩌둥 사망 이후의 정치 변화에 거의 무관심했다. 다만 창작을 통해 환상과 자아를 일치시키려 했고 시의 새로운 가능성과 삶의 문제를 고민했다. 누나를 통해 베이다오, 망커 등의 시를 접한 구청은 자신의 시를 투고하기 시작하여 1978년 베이다오와 망커 등이 창간한 『오늘(今天)』에 합류하게 된다. 문화대혁명의 집단의식에 식상해하던 중국 문단은 현실과 단절된 자신만의 세계를 구축한 젊은 시인을 천재로 떠받들었다. 이것은 새로운 의미의 우상화였고 구청은 새로운 시(詩)의 아이콘이었다.

구청은 1983년 상하이에서 셰예(謝燁)와 결혼했다. 1987년부터 유럽과 미국 등지에서 해외 강연을 시작하면서 1988년에는 뉴질랜드 오클랜드 대학(University of Auckland) 아시아어문학과 교수로 초빙되었다. 그러나 자신만의 세계를 완성하기 위해 중국을 떠난 구청의 삶은 순탄치 않았다. 아내의 도움 없이는 일상적인 생활조차 불가능한 고립 속에서 구청은 더욱 현실과 단절된 어린 왕자가 되어갔고, 그의 정신세계 역시 위태롭게 지탱되었다. 오클랜드 대학 재직 당시 아들 상무얼(桑木耳)을 얻은 구청은 이후 교수직을 사임하고 와이히키 섬(Waihiki Island)에 정착했다. 이후 이국에서의 삶과 창작 환경에 염증을 느끼고 귀국을 원했던 구청은 현지 생활에 적응해가는 아내와 갈등했고 부부 사이는 점점 악화되었다. 결국 아내의 부정(不貞)을 끊임없이 의심하고 질투했던 구청은 1993년 10월 8일 셰예를 살해하고 자신도 나무에 목을 매고 말았다.

시집 『수팅·구청 서정시선(舒婷·顧城抒情詩選)』(1982) 『검은 눈동자(黑眼睛)』

(1986) 『구청 시집(顧城詩集)』(1988) 『구청 동화우언시선(顧城童話寓言詩選)』 (1993) 『구청 현대시 자선집(顧城新詩自選集)』(1993) 『구청 시 전편(顧城詩全編)』(1995) 『구청의 시(顧城的詩)』(1998) 『구청 시 전집(顧城詩全集)』(2010) 등 이 있다.

한 세대

검은 밤은 내게 검은 눈동자를 주었지만
나는 그것으로 광명을 찾는다

1979년

나는 버릇없는 아이

—온 땅 가득 창(窓)을 그려서, 어둠에 익숙해진 모든 눈동자들 빛에 길들이고 싶어라.

어쩌면
나는 어머니의 응석받이 어린아이
버릇없어서

모든 순간이
알록달록 크레용처럼
예뻤으면 좋겠네
아껴둔 도화지 위에는
삐뚤빼뚤 자유를 그리고
영원토록
눈물 흘리지 않는 눈동자 하나
하늘 한조각
하늘에 속한 깃털 하나 나뭇잎 하나
연둣빛 밤(夜)과 사과 한알
그리고 싶네

새벽을 그리고
이슬방울
미소를 그리고 싶네

가장 젊고
아픔 없는 사랑을 그리고 싶네
상상 속
내 사랑하는 이
먹구름을 본 적이 없고
맑게 갠 하늘 빛 눈동자를 가진
그녀를 그리고 싶네
그녀는 언제나 나를 보리
영원히, 나를 보며
결코 돌아서지 않으리

먼 곳의 풍경을 그리고 싶어라
또렷한 지평선과 물결을 그리고
저리 즐거운 시냇물을 그리고
언덕을 그리고 싶어라—
풀밭 가득 자라 있는 연한 풀잎들
그것들을 한데 모아
사랑케 하리
모든 암묵적 동의와
고요한 봄의 격정은
모든 꽃송이의 생일이 되리

그리고 미래를 그리고 싶네
내 그녀를 본 적이 없고, 볼 수도 없겠지만
그녀 무척 어여쁘단 것 알고 있으니
가을날 그녀의 코트 자락을 그리고
타오르는 촛불과 낙엽을 그리고
그녀를 사랑했기에
꺼져버린 심장을 그리고 싶네
결혼식을 그리고 싶네
새벽에 눈을 떴던 모든 기념일을 그리고 싶네—
그 위에는 쎌로판지와
북방의 동화에 나오는 삽화 붙어 있다네

나는 버릇없는 아이
내 모든 불행을 모조리 뭉개버리고 싶네
온 땅 가득
창을 그려넣고
어둠에 익숙해진 눈동자들을
빛에 길들이고 싶어라
바람을 그리고 싶네
우뚝우뚝 커져만 가는 산봉우리 그리고 싶네
동방 민족의 갈망을 그리고 싶네
큰 바다를

그 끝도 없이 즐거운 소리를 그리고 싶네—

마지막에는, 종이 모서리에
나를 그리고 싶네
빅토리아 푸른 숲
고요한 나뭇가지 위에
멍하니 쪼그려 앉아 있는
코알라 한마리 그리고 싶네
코알라에겐 집도 없고
먼 데 두고 온 마음조차 없다네
그저, 주렁주렁
열매 같은 수많은 꿈이 있을 뿐
커다란 눈동자가 있을 뿐

간절히 바라고
원하지만
웬일인지
나는 크레용도
색칠할 시간도 얻지 못했네
내게는 그저 나 자신과
손가락과 쓰라린 상처
갈가리 찢어진

내 소중한 도화지뿐이니
그것들이 나비를 찾아가게 하라
오늘부터 사라지게 하라

나는
환상의 어머니 응석받이 어린아이
나는 버릇없으니

1981년

----

*응석받이도 어른도 아닌 청소년기의 5년을 무지가 지배하는 궁벽한 농촌에서 보낸 구청의 시에는 홍위병의 기억을 간직한 동세대 시의 아픔이 보이지 않는 다. 거의 방치된 채 혼자만의 시간을 보내야 했던 구청은 심리적 응석받이가 되어 시를 쓰고 그림을 그렸다. 그는 어떤 아이도 버릇없는 아이가 될 수 없었던 시대에 응석받이처럼 살고 싶었다. 그의 세계를 지배하는 것은 끝없는 상상이었다. 그는 상상 속에서 버릇없는 아이가 되고, 주변을 둘러싼 모든 불행을 뭉개버릴 수 있었다. 끝도 없이 즐거운 소리를 그릴 수도 있었다.
상상이 계속될 수 없는 한 모든 것은 거기에서 끝난다. 암울한 현실을 색칠하는 것은 무의미하다. 하지만 구청은 찢어진 도화지 같은 현실을 직시하기보다는 그것이 나비가 되어 날아오르는 허망한 상상을 한다. 차라리 버릇없는 어린아이의 세계로 그 현실이 사라져버릴 것을 꿈꾼다.

눈사람

너희 집 문 앞에
눈사람 하나 세워둔다
눈사람은 너무 오래 널 기다린
바보 같은 나

너는 막대사탕 하나를 꺼내어
그 달콤한 심장 한조각을 꺼내어
눈 속에 파묻고
이렇게 말하며 즐거워했다

눈사람은 웃지도 않고
아무 말도 하지 않아
봄날 뙤약볕이
깨끗이 녹여버릴 때까지

사람은 어디 있는가
심장은 어디에 있는가
작은 눈물의 연못가에는
꿀벌 한마리뿐

1981년

*구청은 기꺼이 자신만의 상상 속에서 살았지만 그 세계가 본질적으로 허망한 것임을 모르지 않았다. 스스로 구축한 세상에서 그는 '버릇없는 아이'처럼 살 수 있었지만 마치 눈사람처럼 언젠가 사라지고 말 것을 알고 있었다.

부처님 말씀

내 가난하여
통곡할 곳조차 없어라

내 할 일 정해졌으니
꼼짝 않고 앉아서
천년을 앉아서
가장 넉넉한 그 미소를 배우고
인간들에게 무언가를 건네듯
미묘히 손을 뻗는 것

무엇을 줄 수 있는지 난 알지 못하네
무엇을 얻으려는 마음은 더욱 없으니
나는 그저 내 눈물 간직하고 싶을 뿐
내 할 일 다하는 날까지

싱그럽던 단향목 다 시들고
바싹 마른 붉은 별
남김없이 떨어지는데

1984년

영혼에는 외로움이 사는 곳 있어

영혼에는 외로움이 사는 곳 있어
그는 거기서 산 밑의 훈풍을 조심했네
아름다운 입맞춤을 조심했네
흔들리는 꽃처럼
꿀 속 곤충에게서 빠져나오려는 꽃처럼
그는 떨어진 잎도 조심했네
바람에 날려, 온 땅을 기어다니며
말라버린 내장 아무렇게나 드러내고 있었던

1984년

묘지석

영원한 사라짐이 닥친다 해도, 결코 슬프지 않을 것을 안다
내 소망 소나무 숲에 잘 놓아두었으니
아래로는 바다가 있어 멀리 저수지를 바라보는 듯
점점이 뒤를 쫓는 오후의 햇살

사람의 때는 다했으나 세상은 장구하여서
나는 그 사이에서 쉬어야 했다
지나던 어떤 이는 나뭇가지 작아졌다 하고
지나던 어떤 이는 나뭇가지 자랐다 하고

1986년

*매인 데 없었으나 너무 외로워서 조로(早老)한 영혼이 죽음을 이야기한다. 자신의 소망에 대해 이야기한다. 바다가 저수지처럼 펼쳐지고 오후가 되면 햇살이 좋은 솔숲에 자신의 영혼을 묻으려 한다. 고단한 삶 그 속에 누이고, 작아지기도 하고 자라기도 할 자신의 소망을 들으려 한다.

하이쯔(海子, 1964~89)

1964년 안후이성(安徽省) 가오허차완(高河査灣)에서 태어났다. 본명은 차하이성(査海生)이다.

가난한 집안의 수재였던 하이쯔는 15세인 1979년 베이징대학 법학과에 입학했다. 법학 공부에 매진하면서도 고흐(V. van Gogh)와 니체(F. W. Nietzsche)를 사랑했던 그는 대학 시절 이미 '베이징대학 3대 시인'에 꼽힐 정도였다. 하이쯔라는 필명은 1984년 「황토 중국(亞洲銅)」을 발표하며 처음 사용했다. 7년이라는 길지 않은 창작 기간 동안 300편이 넘는 시를 썼지만 개인적 친분을 통해 몇몇 잡지에 작품을 발표했을 뿐이며 『시간(詩刊)』이나 『시가보(詩歌報)』같은 주요 간행물에 발표된 작품은 20편 정도에 불과했다. 짧은 생애 동안의 연애도 평탄치 않았다. 하이쯔의 시 속에 등장하는 'B' 'P' 'A' 'S' 'H' 'L' 등의 이니셜은 그가 사랑했던 여인들로 알려져 있지만 현실에서 그는 마지막까지 혼자였다. 시를 쓰는 데 있어서나 사랑에 있어서나, 하이쯔의 이상과 현실 사이에는 스스로 극복할 수 없는 격차가 존재했고 그것은 결국 정신분열 증세로 이어졌다. 가난한 농촌 출신의 수재로, 격변하는 중국 사회의 변화를 감당하기에는 지나치게 민감한 감수성을 지녔던 시인은 1989년 3월 26일 스물다섯해의 삶을 자살로 마감한다. 산하이관(山海關)의 철로에 누운 그의 손에는 "나는 정파대학(政法大學) 철학교육연구실 교사, 차하이성이다. 나의 죽음은 아무와도 관련이 없다"라고 쓴 유서와 함께 성경, 쏘로우(H. D. Thoreau)의 『월든』(*Walden*), 헤위에르달(Thor Heyerdahl)의 『콘티키호 탐험기』(*The Kon-Tiki Expedition*), 『조지프 콘래드(Joseph Conrad) 소설선』이 놓여 있었다.

사는 동안 고독하고 쓸쓸했던 하이쯔는 1997년 친구인 시인 시촨(西川)의 노력으로 『하이쯔 시 전집(海子詩全集)』이 간행됨으로써 중국 현대시의 잊힐 수 없는 별이 되었다.

생전에 간이 출판 형식 시집으로 『간이역(小站)』(1983) 『하류(河流)』(1984) 『전설(傳說)』(1984) 『그러나 물, 물(但是水,水)』(1985) 『변함없이(如一)』(1985)

『밀밭의 항아리(麥地之瓷)』(1986)『태양·단두편(太陽·斷頭篇)』(1986)『태양·
시극(太陽·詩劇)』(1988) 등을 냈다. 사후 정식 출판된 시집으로 『토지(土地)』
(1990)『하이쯔·뤄이허 작품집(海子·駱一禾作品集)』(1991)『하이쯔의 시(海子
的詩)』(1995)『하이쯔 시 전편(海子詩全編)』(1997)『하이쯔 시 전집(海子詩全
集)』(2009) 등이 있다.

황토(黃土) 중국

황토 중국, 황토 중국
할아버지 돌아가시고, 아버지 돌아가시고, 장차 내가 죽을 이곳
너는 사람이 묻힐 유일한 곳

황토 중국, 황토 중국
회의懷疑를 사랑하고 비상飛翔을 사랑한 것은 새, 모든 것을 삼킨
것은 바다였으나
　너의 주인은 푸른 풀, 자신의 작은 허리 위에 사는, 들꽃의 손바
닥과 비밀을 지켜주었네

황토 중국, 황토 중국
　보았나? 저 흰 비둘기 한쌍, 그것은 모래 위에서 잃어버린 굴원屈
原의 하얀 신발
　우리 ── 우리가 물길과 함께, 그것을 신자

황토 중국, 황토 중국
　북을 치고 나서, 우리는 어둠속에서 춤추는 심장을 달이라 부를
것이니
　이 달은 대부분 네가 만든 것

광활한 북중국의 황토지대는 중국이라는 거대 문명의 출발점이다. 그곳은 과거
의 시간이 축적된 공간이며 시인의 미래를 예측케 하는 공간이다. 현실을 회의
(懷疑)했던 자들이 날아오르고 침몰한 곳이었지만, 황토지대를 변함없이 지키던
것은 풀들이었고 이름없는 사람들이었다. 이룰 수 없는 이상(理想) 때문에 스스
로를 희생했던 굴원(屈原)의 발자국이 선명한 땅에서 인간의 운명과 무관한 듯
떠오르는 달…… 둥근 달 아래 제의(祭儀)를 펼쳤던 원시의 기억이 아직도 생생
한데, 황토 중국은 변하고 있다. 변함없는 것은 오직 달뿐이다.

나, 그리고 다른 증인들

고향의 별과 양떼는
눈부시게 아름다운 물길처럼
달려가고
사슴처럼
뛰어가고
한밤의 시선이 그 뒤를 좇는다

광활한 황무지에서 발견한 첫번째 식물은
발이 땅에 꽂혀
다시는 뽑을 수 없었으니
그 쓸쓸한 꽃송이들은
봄이 잃어버린 입술이었다

자신의 날들을 위해
자신의 얼굴에 상처를 남기고도
우리를 증언해줄 다른 그 무엇도 없었으므로

나와 과거는
검은 땅을 사이에 두고
나와 미래는
소리 없는 공기를 사이에 두고 있다

나는 모든 것을 팔아버리려 한다
누구라도 값을 치르기만 하면 그만이다
불씨와 불 피울 도구만 빼고
너희들에게 맞아 피 흘렸던
눈만 빼고

한쪽 눈은 흐드러진 꽃송이에게 남겨두리
한쪽 눈은 쇠로 만든 성문城門을 영원히 벗어날 수 없으리
　그 깊은 우물을

* 1980년대는 낡은 가치관의 잔존 속에 격변이 예감되는 시대였다. 문화대혁명이
어둠의 역사로 규정되면서 마오쩌둥이 그토록 혐오했던 경쟁이 되살아나고 물
질이 진리와 선(善)의 자리를 위협하고 있었다. 개혁·개방의 구호는 도시와 농
촌을 가리지 않는 축복처럼 밀려들었지만 가혹한 변화의 속도를 견인한 것은 도
시였다. 농촌은 도시의 속도를 따라잡기 위해 허덕일 뿐 아무리 달려도 발이 땅
에 꽂힌 것처럼 거리는 좁혀지지 않았다. 그것은 처음부터 불리한 경쟁이었다.
농촌을 희생시키지 않고는, 자신의 얼굴에 상처를 내지 않고는 이룰 수 없는 번
영이었다.
나와 과거 사이에 땅을 둘러싼 어두운 시간이 존재했다면 이제부터 시작될 나와
미래 사이에는 소리 없는 공기, 무한 경쟁이 기다리고 있다. 아무것도 가진 것 없
는 자는 자신을 팔아야 한다. 노동력을 팔 수 있다면 그것이 누구여도 상관없다,
자본의 성격 따윈 상관없다. 그러나 원시로부터 문명을 창조케 했던 불씨만은
남겨야 하나? 냉혹한 세상에 맞아 피 흘렸던 눈만은 남겨야 하나? 한쪽 눈만이
라도 남겨서 쇠로 만든 성문, 그 깊은 우물을 들여다보아야 하나? 물신(物神)을
향해 질주하는 더러운 세상의 증인이 되어야 하나……

밤의 헌시 ── 밤의 딸에게 바침

밤이 대지로부터 솟아올라
밝은 하늘을 덮었습니다
가을걷이 끝난 황량한 대지여
밤은 그대 내부로부터 솟아오르니

그대 먼 데서 오고, 나는 먼 곳으로 갑니다
머나먼 여정 이곳을 지날 때
아무것도 없는 하늘이
왜 나에게는 위로가 될까요

가을걷이가 끝난 황량한 대지
사람들은 한해의 수확을 가져갔습니다
양식을 가지고 말을 타고 떠났습니다
땅에 남은 사람은, 깊이깊이 묻혔습니다

건초 갈퀴 번쩍입니다, 볏짚은 불에 타고
볏단은 어두운 창고에 쌓여 있습니다
창고는 너무 어둡고, 고요하고, 풍요롭고
또 너무 황량합니다, 나는 그 풍요 속에서 염라대왕의 눈을 보았
습니다

검은 빗방울 같은 새떼가

황혼으로부터 밤을 향해 날아듭니다
아무것도 없는 밤이
왜 나에게 위로가 될까요

큰길에 나가
목청껏 노래하면
바람은 산봉우리를 넘고
그 위엔 끝도 없는 하늘입니다

---

*수확이 끝난 대지는 비할 데 없는 풍요의 상징일 것이나 가난한 농민들의 빼앗
긴 풍요로 인해 가을걷이는 서글픈 현실이 되고 만다. 어두운 창고에 쌓인 양식
이 오히려 황량함을 느끼게 하는 현실 때문에 시인은 아무것도 없는 하늘로부터
위로를 받는다.

밀밭

밀밥 먹고 자란 놈이
달빛 아래 커다란 밥그릇을 받쳐든다
밥그릇 속 달과
밀에서는
아무런 소리도 나지 않는다

너희 둘이
밀밭을 노래할 때에
나는 달을 노래하마

달빛 아래서
밤에도 밀을 심던 아버지
몸에서는 금빛이 일렁이는 것 같았다

달빛 아래
열두마리의 새가
밀밭 위를 날아간다
어떤 놈은 밀알을 입에 물었고
어떤 놈은 바람을 안고 춤을 추며, 시치미를 뗀다

밀알을 지킬 때가 되면 나는 땅바닥에서 잠을 잤다
달은 우물을 비추듯 나를 비추었고

고향의 바람과
고향의 구름이
날개를 접고
내 어깨 위에서 잠이 들었다

물결치는 밀밭—
들녘에 차려놓은
밀밭은
천국의 식탁이었다

수확의 계절이 되면
물결치는 밀과 달빛에
낫을 씻었고

달은 때때로 내가
흙보다 지쳐 있다는 것을 알았다
밀짚
수줍은 연인이
눈앞에서 흔들리고 있었다

우리는 밀밭을 사랑하는 자였으나
추수하는 날 나는 원수와

악수하며 화해했다
우리는 함께 모든 것을 끝내고
눈을 감았다, 운명으로 정해진 모든 것들을
우리는 그 순간 기꺼이 받아들였다

밀 이삭은 흥분한 듯
하얀 앞치마에 쉴 새 없이
손을 닦았다

바야흐로 달빛이 온 대지를 비추는 시간.
우리는 스스로
나일 강과 바빌론 강, 그리고 황하에
이끌려온 아이들 강기슭에서
벌들이 춤을 추는 섬과 들판에서
손을 씻고
밥 먹을 준비를 하네

내 이렇게 너희를 품을 것이니
나는 이야기하리
달은 결코 슬프지 않다고
달 아래는
모두 두사람이 있다고

가난뱅이와 부자

뉴욕과 예루살렘

그리고 나

우리 세사람은

함께 도시 밖 밀밭 꿈을 꾸었다고

백양나무가 둘러싼

싱그러운 밀밭과

단단한 밀 이삭이

내 생명의 이삭 길러낸 것이라고!

---

*늘 배가 고팠던 아이에게 밥은 신앙이었다. 밥그릇은 그 신앙을 담는 상징이었
다. 달을 향해 풍년을 기원하던 원시의 신앙은 아이에게 전해져 배고픈 인간의
전부가 된다. 밤을 낮 삼아, 달빛에 밀을 심던 아버지는 충실한 신앙의 실천자였
다. 아이는 아버지를 보며 이미 금빛 수확을 의심치 않았고, 밀알이 익으면 한톨
이라도 새에게 먹힐까 전전긍긍 밀알을 지켰다.

그러나 밥은, 밀알에 대한 배신이었다. 우리는 밀밭을 사랑했지만 밀을 그대로
지키고 있을 수는 없었다. 원수와 악수하며 화해하듯 우리는 밀을 베어야 했다.
그것은 운명이었다. 우리가 받아들일 수밖에 없는 운명이었다. 밀 이삭을 배신
한 우리는, 원시의 인류가 그러했듯이 손 씻으며 밥 먹을 준비를 한다. 밀의 생명
을 빼앗고서야 우리가 살 수 있으니, 싱그러운 밀밭과 단단한 밀 이삭이 내 생명
의 이삭을 길러낸 것이었다. 밀도, 달도, 이렇게 우리를 품어온 것이었다. 가난뱅
이도 부자도, 뉴욕이나 예루살렘도, 그리고 나도, 도시 밖 밀밭이 길러낸 생명이
었다. 도시화의 물길 속에서 하이쯔는 자신과 인간의 근본을 생각한다.

네 자매

황량한 언덕 위에 네 자매가 서 있었다
모든 바람은 그녀들을 향해 불었고
모든 날들은 그녀들 때문에 깨져버렸다

공기 속 밀 한포기
머리에 닿을 만큼 자라면
나는 황량한 언덕 위에서
먼지로 뒤덮인, 내 빈방을 생각했다

내가 사랑했던 이 모호한 네 자매
사방으로 빛을 뿜던 네 자매
밤이면 나는 책과 중국을 베고 누워
쪽빛 먼 곳의 네 자매를 생각했다
내가 사랑했던 이 모호한 네 자매
내 손으로 쓴 네편의 시를 사랑하듯
내 아름다운 동행이 되어 함께했던 네 자매
운명의 여신들보다 하나가 더 많았기에
아름답고 창백한 젖소를 따라   달처럼 둥근 산봉우리로 가버린

2월이다, 그대는 어디에서 온 것인가
하늘에는 우르르 봄날 우레 울었는데, 그댄 어디서 온 것인가
낯선 이와 함께 오지 않고

짐마차와 함께 오지 않고
새들과 함께 오지도 않았던

네 자매는 밀 한포기
공기 속 밀 한포기를 안고 있다
어제 내린 큰 눈과 오늘 내린 빗물을
내일의 양식과 잿더미를 안고 있다
이것은 절망의 밀알
네 자매에게 말해주오, 이것은 절망의 밀알이라고
영원토록 이렇게
바람 뒤에도 바람
하늘 위에는 또 하늘
길 앞에는 여전히 길이라고

---

* 황토 고원처럼 황량하고 메마른 사랑, 그것은 혼자만의 사랑이었다. 밀알이 싹트고 키만큼 자라는 시간, 그 시간 동안 시인은 빈방처럼 쓸쓸한 사랑을 홀로 키운다. 함께 나눈 사랑의 시간이 없어 모호하기만 한 대상들…… 그들은 운명보다 지독한 네번의 사랑으로 빛을 뿜었고, 약속이나 한 듯 떠나버렸다. 한겨울 추위가 채 가시지 않은 2월, 밀을 파종하던 것만큼이나 익숙하게 설렘 속에 찾아왔던 사랑은, 분명 처음부터 절망의 밀알이었다. 사랑이 떠난 자리에는 바람이 분다. 끝도 없는 하늘과 길이 펼쳐진다.

먼 길

빗줄기 속으로 들녘의 밀이 보입니다
이렇게 비에 젖은 풍경이 좀 낯설게 느껴집니다
날은 벌써 저물고, 비는 내리는데
나는 물 위에 앉아 당신에게 편지를 씁니다

바다를 향해 봄이면 꽃이 피는

내일부터, 행복한 사람이 되리라
말(馬)을 먹이고, 장작을 패고, 세상을 두루 여행하리라
내일부터, 양식과 채소에 마음 쓰리라
내게는, 바다를 향해 봄이면 꽃이 피는 집 있으니

내일부터, 가까운 모든 사람과 연락하리라
그들에게 나의 행복을 이야기하리라
저 행복의 번개가 내게 알려준 것들을
한사람 한사람에게 알려주리라

강줄기 하나하나 산자락 하나하나에 따뜻한 이름 지어주리라
모르는 이여, 그대를 위해서도 축복하리라
그대 앞길 찬란하기를
사랑하는 사람과 가정 이루기를
힘겨운 세상에서 그대 행복하기를
나는 그저, 바다를 향해 봄이면 꽃이 피기를

꽃은 왜 이리 붉은지

그렁한 눈물 너머로 마차 가득한 꽃이 보인다.

눈물방울처럼, 표범과 새가 놀라 쓰러진다
──그렁한 눈물 너머로
마차 가득한 꽃이 보인다.

바람이여, 그대 사면팔방에는
진눈깨비로 뒤덮인
수많은 초록 머리카락과, 아가씨들.

밤의 왕ㅌ이 날 위해 건초를 깔아놓은 마차에 앉아 있다.

검은 밤이여, 그대는 노래하는 이 거대한 마차가
중심을 포위한
이야기의 불.

하룻밤 사이, 초원은 이리도 깊고, 이리도 신비하고, 또 아득하니
나는 북방의 서러운 황혼 녘 들판에서
내 삶을 놓아버리리.

술잔——사랑 시 한묶음

1 뜨거운 입술

이만개의 술잔이 그대로부터 태어나고
만물의 질병 그대로부터 태어났느니

2 달

침묵하며 살아 있는 낫 모양의 불꽃
불붙은 머리통 들판에서 구르는 것 같은
침묵하며 살아 있는 낫 모양의 목장
신비, 차가움, 그리고 고요

3 유방

이집트의 강물
이집트의 밤
——이 까만 밤의 술

이 까만 밤의 술   내가 되어버린 두 손

4 맹목

손은 과수원에서
더이상 외롭지 않았네
자신의 두 손이
다른 손을 잉태했으므로

5 뜨거운 입술

저건 꽃송이   저건 머리로 만든 술잔
술잔이 풀밭에서 가볍게 부딪힌다
알코올로 가득 찬 머리는 텅 비어간다

불꽃에 그을린 산마루
장막帳幕은 태어나고 또 죽고

화재 속에 솟아오른 등불이   대지를 비춘다

옮긴이의 말

중국 현대시[1]의 역사는 결코 길다 할 수 없다. 1917년 후스(胡適)가 『신청년(新靑年)』에 여덟편의 '백화시(白話詩)'를 발표한 때로부터 중국현대시는 100년 가까운 시간의 궤적을 지나왔지만 시경(詩經)과 초사(楚辭), 그리고 당대(唐代) 이래 추구되어온 근체시(近體詩)의 전통은 그것을 찰나처럼 느끼게 한다.

그러나 단순히 구어(口語)로 쓴 시라는 의미의 '백화시'로부터 형식과 내용이 모두 '새로운 시(新詩)', 근본적으로 달라진 시대·사회적 산물로서의 '현대시(現代詩)'에 이르기까지 용어만큼이나 다양하고 다층적으로 이해되는 중국 현대시는 근대 이후 중국 사

---

1 중국에서는 중화인민공화국이 수립된 1949년을 기점으로 '중국현대문학(中國現代文學)'과 '중국당대문학(中國當代文學)'으로 구분하고 있으나 우리의 관례에 따라 '중국 현대시'로 통칭하였다.

회의 변화를 효과적으로 보여주는 문학양식이다. 의심의 여지 없이 계승되어온 문명제국의 전통이 허물어지면서 급속하게 변화한 시는 '5·4 신문화운동'을 전후로 본격화된 근대화 논의, 지식인의 사회참여, 중국혁명의 가능성 등과 밀접히 관련되면서 문학사적 의미 이상의 사회학적 의미를 갖게 된다. 근대적 생산관계의 부재 속에 탄생한 중국 현대시는 실체 없는 현대성의 추구라는 초기의 실험 단계를 거쳐 장제스(蔣介石)의 '4·12정변' 이후 노골화된 국민당과 중국공산당의 대립, 중일전쟁, 국공내전의 과정을 지나는 동안 이념적 경향이 강화되었기 때문이다. 사회변혁의 시대에 시는 계몽의 수단이자 사상의 담체였으며 계급적 입장을 교육하고 전파하는 대중화의 수단이었다. 무엇보다 1942년 '옌안 문예강화(延安文藝講話)'의 '정치제일(政治第一)' 원칙은 문화대혁명이 끝날 때까지 중국 문예를 지배하는 강력하고 유일한 지침이었다.

중화인민공화국 수립 이후 17년 동안 정치적 속박으로부터 자유로운 예술가나 시인은 존재하지 않았다. 사회주의 정권은 시의 자율성을 허락하지 않았고, 1950년의 한국전쟁과 1970년대 중반까지 계속된 베트남전쟁은 정권의 경직성을 강화하고 고착화했다. 1955년 '후펑(胡風) 반혁명집단 사건'에서 시작된 지식인 탄압은 1957년 여름의 짧고 기만적인 '쌍백운동(雙百運動)'을 거치면서 대대적인 '반우파투쟁(反右派鬪爭)'으로 변질되었고, 소련과의 이념 갈등으로 촉발된 경제위기를 인민 노동력의 총동원이라는 비현실적 방법으로 돌파하려던 '대약진운동(大躍進運動)'은 오히려 유례없는 경제 파탄과 막대한 인명 손실을 초래하고 말았다. 그러나 '혁명적 현실주의'와 '혁명적 낭만주의'라는 사회주의 문예의 대원칙 앞에서 비참한 현실에 대한 비판은 물론 사실의 묘사조차 불가능했던 시는 정권의 무기력한 나팔수 역할밖에 할 수 없었고, 10년 간의 문화대혁명을 거치면서 빈사(瀕死) 상태에 이르고 말았다.

개혁·개방은 모든 측면에서 새로운 전환점이었다. 정치 민주화가 배재된 개발독재에 불과하다고 비판받는 개혁·개방은 중화인민공화국의 성격을 근본적으로 바꿔놓았다. 불가능이 가능으로 변하고 억압의 내용이 달라지는 듯했다. 1976년 톈안먼에서 전개된 군중의 자연발생적인 시 쓰기 운동 ── 톈안먼 시가운동(天安門詩歌運動) ── 과 1980년대를 특징짓는 사상해방운동의 물결 속에서 시는 정치적 억압에서 놓여나게 되었다. 이른바 '몽롱시(朦朧詩)'가 젊은이들을 사로잡은 것도 이때였다.

개혁·개방 과정에서 누적된 사회적 불만이 폭력적 진압을 불러온 1989년 '6·4 톈안먼 사건' 이후 중국은 과거로 회귀하는 듯했다. 그러나 '남순강화(南巡講話)'로 본격화된 자본, 기술, 서비스의 폭발적 유입과 생산관계의 변화는 전대미문의 경제성장으로 이어졌다. 급격한 경제성장은 지역 간 불균형 발전 전략의 결과로, 사회적 부(富)의 분배를 둘러싼 극심한 불평등과 갈등을 불러왔다. 인터넷을 비롯한 매체의 광범한 보급이 정보의 독점과 통제를 불가능하게 했고, 과거 시가 담당했던 정치선전 도구로서의 기능도 약화되었다.

시는 비로소 정치와 독립적 관계를 실현하게 되었지만 독자 또한 신속하게 감소했다. 시인은 자유를 구가하는 대신 생활의 압박을 견뎌야 했다. 문인을 통제하고 문학 창작의 일원화를 실현하기 위해 도입된 전국문련(全國文聯)이나 전업작가협회(專業作家協會) 같은 조직은 문예의 시장화라는 거대 추세 속에서 영향력이 축소될 수밖에 없었다. 여타 봉급생활자와 마찬가지로 소속 단위로부터 급여를 지급받던 문인들은 물가 인상을 따라잡지 못하는 급여 수준으로 인해 생활고를 겪거나 조직을 이탈했다. 시장성이 높은 극본, 씨나리오 작가로 변신하거나 글쓰기와 무관한 직업을 갖기도 했다. 조직의 관리직을 맡은 작가는 경제적인 보상을 받는 대신 문인으로서의 독립성을 자발적, 또는 강제적으로 포기해야 했다. 2000년대 이후 더욱 심화된 자본의 지배는 시의 출판과 유통에도 심각한 타격을 가져왔는데, 독자 수가 감소하면서 출판물의 양도 급격히 줄어 인터넷 블로그를 통한 신작(新作) 발표와 소통이 보편적 양상이 되고 있다. 문단 내부의 지역 간, 세대 간, 출신 대학 간 주도권 경쟁도 상황을 더욱 어렵게 만드는 요인이다. 거대 국가 중국에서 시인으로 인정받기 위해서는 시적 성취 외에도 경쟁해야 할 항목이 너무 많아진 것이다.

우리나라에서의 중국 현대시선집 기획 출판은 대단한 각오와 투자 없이는 불가능한 일이다. 한중 수교 이후 중국과의 교역이 폭발적으로 증가하고 중국의 국가적 위상이 높아지면서 중국 관련 출판물의 종류와 수량도 해마다 증가하고 있지만 중국 현대시는 여전히 극소수의 연구자를 제외한 일반 독자의 관심 밖에 존재하는 분야다. 뜻있는 몇몇 출판사의 과감한 투자로 중국 현대시의 번역과 출판이 단속적으로 이어져왔지만 번역 시에 대한 일반 독자의 수요는 매우 제한적이다. 무엇보다 민족 고유의 문화, 감수성, 언어를 기반으로 창작된 시를 다른 언어로 읽는 일이 문학적 향유를 상당 부분 제약하는 탓이겠지만 번역 문학 자체의 존재 이유를 인정한다면 외국 시의 번역과 출판은 분명 의미있는 일이다.

이 시선집은 중국 현대시를 대표하는 시인 17인의 시 122편을 수록하고 있다. 각 시인마다 7편 내외의 작품을 선정, 번역하였는데 그보다 많거나 적은 경우는 주로 작품의 편폭을 고려한 결과이다. 시선집의 구성은 선정 시인들의 출생 연도를 기준으로 하였다. 시인별 소개와 각 작품에 대한 간단한 설명을 덧붙여 작품 이해를 돕고자 했다. 시의 특성을 고려하여 작품 설명을 최소화하려고 애썼지만 시대 상황에 대한 이해가 필요한 경우 간략한 설명을 부가하였다.

시인 선정은 문학사적 의의와 작품성, 그리고 번역 시를 읽는 우리 독자의 감수성 등을 두루 고심하였다. 이미 국내에 소개된 시인이나 작품도 있지만 이 시선집에 처음 수록된 경우도 있어 시인 및 작품 선정에 대한 이견도 있을 것이다. 애초에 중국 현대시의 과거와 현재를 한권의 시선집을 통해 이해하는 것이 무리일지 모르나 허락된 가능성의 극대화를 목표로 작품을 선정하고 번역하였다. 문학사적 의의라는 관점에서 반드시 포함시켜야 할 시인이 배제된 주요한 이유는 과도한 정치 경향이나 문학성 결핍, 그로 인한 우리 독자와의 공감 문제 등이 고려되었기 때문이다. 생존 시인의 경우 이미 다양한 문학적 검증이 끝난 시인을 위주로 했다. 등단의 개념이나 방식이 우리와 전혀 다른 중국 시단의 복잡하고 내밀한 상황 탓에 소위 '치링허우'[2], '바링허우'[3] 시인은 배제했다. 시인 선정에는 중국 연구자와 비평가 들의 의견도 반영되었다. 베이징대학 셰몐(謝冕) 교수, 쑨위스(孫玉石) 교수, 저장(浙江)대학 뤄한차오(駱寒超) 교수, 중국사회과학원 류푸춘(劉福春) 교수 등이 각각 선정한 30인의 시인을 비교 분석하고 참고하였다. 그러나 시인과 작품

---

2 70後. 1970년대 이후 출생 시인을 일컫는다.
3 80後. 1980년대 이후 출생 시인을 일컫는다.

선정, 번역의 모든 책임은 역자들의 몫이며 이에 대한 어떤 질책이나 비판도 기꺼이 감수할 것임을 밝혀드린다.

피아니스트 백건우가 사는 빠리 아파트의 아래위 층 주민들은 그의 피아노 소리 때문에 행복해한다는 기사를 보았다. 문득 밤 11시 20분 "내면이 추락하는 소리"를 듣고 익숙한 공간과 사물 속에서 기괴하도록 낯선 자아와 마주하는 시인 위젠(于堅)과 한밤중에 "똑똑 물 새는 소리"를 들으며 아무리 잠가도 막을 수 없는 인생의 누수를 경고했던 시인 린망이 떠올랐다. 그리고 시인은 바로 이런 사람들인가 하는 생각을 했다. 피아노 선율보다는 누구도 감지하지 못하는 자기 내면에 귀 기울이며 우리 삶을 채우고 또 비워가는 사람들⋯⋯ 서로 다른 시간과 공간을 살지만 이런 공감 속에 함께 살아가는 사람들⋯⋯

이 시선집이 출판되기까지 지지하고 도와주신 많은 분들에게 감사드린다. 한국에서의 중국 현대시선집 출판을 함께 기뻐하며 시인 선정에 큰 도움을 주신 중국 연구자들, 그리고 최종적인 작품 선정과 번역 전반에 걸쳐 도움을 주신 동아대학교 김용운 교수님, 고찬경 선생, 백정숙 선생에게 마음 깊은 감사를 전한다. 소외된 외국 시의 번역과 출판에 지원을 아끼지 않는 창비와 편집을 담당해준 권은경 선생에게 깊이 감사드린다.

김소현·김자은

수록작품 출전

쉬즈모 徐志摩

「눈꽃의 즐거움(雪花的快樂)」「이 비겁한 세상(這是一個懦怯的世界)」「샛별을 찾으려고(爲要尋一個明星)」「상하이 항저우 간 기차에서(滬杭車中)」「독약(毒藥)」「우연(偶然)」「굿바이 케임브리지(再別康橋)」, 『徐志摩詩全集』(學林出版社 1992)

원이둬 聞一多

「붉은 초(紅燭)」「참회(懺悔)」「어쩌면 ── 만가(也許 ── 葬歌)」「원이둬 선생의 책상(聞一多先生的書卓)」「고인 물(死水)」「기도(祈禱)」, 『聞一多全集』(湖北人民出版社 1993)

리진파 李金髮

「밤의 노래(夜之歌)」「X에게(給X)」「추(醜)」「통곡(慟哭)」, 『微雨』(浙江文藝 出版社 1996)

「행복 하라!(Sois heureux!)」「시간의 표현(時之表現)」, 『食客與凶年』(北新書 局 1927)

「느낌(有感)」「죽음(死)」, 『爲幸福而歌』(上海商務印書館 1925)

다이왕수 戴望舒

「비 내리는 골목(雨巷)」「나의 기억(我的記憶)」「잘린 손가락(斷指)」「감옥 벽에 쓰는 시(獄中題壁)」「내 거친 손바닥으로(我用殘損的手掌)」「자화상(我 的素描)」「내 연인(我的戀人)」「꿈을 찾는 사람(尋夢者)」, 『戴望舒: 中國現代 作家選集』(人民文學出版社 1993)

아이칭 艾青

「투명한 밤(透明的夜)」, 『大堰河』(群衆雜誌公司 1936)

「다옌허 — 나의 유모(大堰河 — 我的保姆)」, 『艾青詩選』(人民文學出版社 1979)

「중국 땅에 눈이 내리고(雪落在中國的土地上)」, 『七月』1938年1月 第7期

「나는 이 땅을 사랑합니다(我愛這土地)」, 『艾青詩選』(人民文學出版社 1979)

「물고기 화석(魚化石)」, 『歸來的歌』(四川人民出版社 1980)

「호랑무늬 조개(虎斑貝)」, 『文汇增刊』1980年1月號

「그리움은 두둥실(我的思念是圓的)」, 『長江文藝』1983年11月 第11期

벤즈린 卞之琳

「몇사람(幾個人)」「길가(道旁)」「단장(斷章)」「외로움(寂寞)」「비와 나(雨同我)」「무제 5(無題五)」, 『卞之琳文集』(安徽教育出版社 2002)

무단 穆旦

「야수(野獸)」「뜰(園)」「어린 시절(童年)」「혹한의 섣달 저녁에(在寒冷的臘月的夜裏)」, 『探險隊』(創作出版社 1945)

「찬미(讚美)」「시 여덟편(詩八首)」, 『穆旦詩集 1939~1945』(人民文學出版社 2000)

「지혜의 노래(智慧之歌)」, 『穆旦詩文集』(人民文學出版社 2006)

정민 鄭敏

「금빛 볏단(金黃的稻束)」「외로움(寂寞)」「연꽃 ─ 장다첸의 그림을 보다(荷花 ─ 觀張大千氏畫)」「그대는 이제 가을날의 숲길을 끝까지 가셨습니다 ─ 징룽을 애도하며(你已經走完秋天的林徑 ─ 悼念敬容)」, 『早晨, 我在雨裏採花』(突破出版社 1991)

「공작선인장(流血的令箭荷花)」「가을비에 젖어 밤은 깊어가는데 ─ 가을밤 랑과의 작별에 부쳐(外面秋雨下濕了黑夜 ─ 秋夜臨別贈朗)」, 『鄭敏詩集』(人民文學出版社 2000)

뉴한 牛漢

「화난 호랑이(華南虎)」「삼월 새벽(三月的黎明)」「겨울날 벽오동(冬天的靑桐)」「나는 조숙한 대추(我是一顆早熟的棗子)」「바다 건너기(渡海)」「선녀봉──함께 배를 탔던 어느 청년의 이야기(神女峰)」「희망(希望)」「한혈마(汗血馬)」「마지막 한사람──마라톤 경기를 보고(最後一個)」「무제(無題)」,『牛漢詩文集』(人民文學出版社 2010)

창야오 昌耀

「물새(水鳥)」「단풍(紅葉)」「바다 끝(海頭)」「도시(城市)」「사람, 꽃, 그리고 검정 도기 항아리(人·花與黑陶砂罐)」「인간의 무리가 일어선다(人群站立)」「저녁 종(晚鐘)」「세상(人間)」,『昌耀詩文總集』(靑海人民出版社 2000)

스즈 食指

「운명(命運)」「미래를 믿습니다(相信未來)」「찬 바람(寒風)」「여기는 4시 8분 베이징(這是四點零八分的北京)」「다시 만날 날을 기다리며(等待重逢)」「뜨겁게 생명을 사랑하노라(熱愛生命)」「시인의 월계관(詩人的桂冠)」「내가 돌아갈 곳(歸宿)」,『食指的詩』(人民文學出版社 2000)

베이다오 北島

「대답(回答)」「선고──위뤄커에게 바침(宣告)」「이력(履歷)」「감전(觸電)」「고향 말씨(鄕音)」「한밤의 가수(午夜歌手)」「창조(創造)」「옛 땅(舊地)」,『北島詩歌集』(南海出版公司 2002)

린망 林莽

「다섯번째 가을—바이양뎬 지식청년 소농장(第五個金秋—給白洋淀知靑小農場)」「열차 기행(列車紀行)」「나는 소망을, 떠올린다(願望, 我記起了你)」「똑똑 물 새는 소리(滴漏的水聲)」「한밤 낮은 울음소리(深夜·幽鳴)」「섣달에 내리는 눈(暮冬之雪)」「눈이 녹는 밤(融雪之夜)」, 『林莽詩選』(時代文藝出版社 2005)

수팅 舒婷

「벽(墙)」「드림(贈)」「추모—박해받고 숨진 어느 노시인을 기념하며(悼)」「늦가을 밤의 베이징(北京深秋的晚上)」「추석 밤(中秋夜)」「어쩌면?—어느 작가의 외로움에 드리는 답(也許?)」「한 세대의 외침(一代人的呼聲)」, 『舒婷的詩』(人民文學出版社 1994)

위젠 于堅

「상이가 6번지(尙義街六號)」「까마귀에 대한 명명(對一隻烏鴉的命名)」「추락하는 소리(墜落的聲音)」「하늘을 뚫는 못(一枚穿過天空的釘子)」, 『于堅的詩』(人民文學出版社 2003)

구청 顧城

「한 세대(一代人)」「나는 버릇없는 아이(我是一個任性的孩子)」「눈사람(雪人)」「부처님 말씀(佛語)」「영혼에는 외로움이 사는 곳 있어(靈魂有一個孤寂的住所)」「묘지석(墓床)」, 『顧城詩全集』(江蘇文藝出版社 2010)

하이쯔 海子

「황토 중국(亞洲銅)」「나, 그리고 다른 증인들(我, 以及其他的證人)」「밤의 헌시 ─밤의 딸에게 바침(黑夜的獻詩)」「밀밭(麥地)」「네 자매(四姐妹)」「먼 길(遙遠的路程)」「바다를 향해 봄이면 꽃이 피는(面朝大海, 春暖花開)」「꽃은 왜 이리 붉은지(花兒爲什麼這樣紅)」「술잔─사랑 시 한묶음(酒杯: 情詩一束)」,『海子詩全集』(作家出版社 2009)

원저작물 계약상황

「투명한 밤(透明的夜)」,『大堰河』

「다옌허 ── 나의 유모(大堰河 ── 我的保姆)」,『艾青詩選』

「중국 땅에 눈이 내리고(雪落在中國的土地上)」,『七月』1938年1月 第7期

「나는 이 땅을 사랑합니다(我愛這土地)」,『艾青詩選』

「물고기 화석(魚化石)」,『歸來的歌』

「호랑무늬 조개(虎斑貝)」,『文汇增刊』

「그리움은 두둥실(我的思念是圓的)」,『長江文藝』1983年11月 第11期

Copyright ⓒ Ai Qing(艾青)

「야수(野獸)」「뜰(園)」「어린 시절(童年)」「혹한의 섣달 저녁에(在寒冷的臘月
的夜裏)」,『探險隊』

「찬미(讚美)」「시 여덟편(詩八首)」,『穆旦詩集 1939~1945』

석 밤(中秋夜)」「어쩌면? ─ 어느 작가의 외로움에 드리는 답(也許?)」「한 세대의 외침(一代人的呼聲)」,『舒婷的詩』

「상이가 6번지(尙義街六號)」「까마귀에 대한 명명(對一隻烏鴉的命名)」「추락하는 소리(墜落的聲音)」「하늘을 뚫는 못(一枚穿過天空的釘子)」,『于堅的詩』

「한 세대(一代人)」「나는 버릇없는 아이(我是一個任性的孩子)」「눈사람(雪人)」「부처님 말씀(佛語)」「영혼에는 외로움이 사는 곳 있어(靈魂有一個孤寂的住所)」「묘지석(墓床)」,『顧城詩全集』

「밤의 노래(夜之歌)」「X에게(給X)」「추(醜)」「통곡(慟哭)」,『微雨』

고전의 새로운 기준, 창비세계문학

오늘날 우리는 인간의 존엄과 개성이 매몰되어가는 시대를 살고 있다. 물질만능과 승자독식을 강요하는 자본주의가 전지구적으로 확산되면서 현대사회는 더 황폐해지고 삶의 질은 크게 훼손되었다. 경제성장만이 최고의 선으로 인정되고 상업주의에 물든 문화소비가 삶을 지배할수록 문학은 점점 더 변방으로 밀려나고 있다. 삶의 본질을 성찰하는 문학의 자리가 위축되는 세계에서는 가진 자와 못 가진 자 할 것 없이 모두가 불행할 수밖에 없다.

이 시대야말로 인간답게 산다는 것의 의미가 무엇인지 근본적인 화두를 다시 던지고 사유의 모험을 떠나야 할 때다. 우리는 그 여정에 반드시 필요한 벗과 스승이 다름 아닌 세계문학의 고전이라는 점을 강조한다. 고전에는 다양한 전통과 문화를 쌓아올린 공동체의 경험이 녹아들어 있고, 세계와 존재에 대한 탁월한 개인들의 치열한 탐색이 기록되어 있으며, 새로운 세상을 꿈꾸는 아름다운 도전과 눈물이 아로새겨 있기 때문이다. 이 무궁무진한 상상력의 보고이자 살아 있는 문화유산을 되새길 때만 개인의 일상에서 참다운 인간적 가치를 실현하고 근대적 삶의 의미와 한계를 성찰하는 지혜를 얻을 수 있을 것이다.

'창비세계문학'은 이러한 문제의식에서 출발한다. 세계문학의 참의미를 되새겨 '지금 여기'의 관점으로 우리의 정전을 재구성해야 할 필요성이 그 어느 때보다 절실하다. '정전'이란 본디 고정된 목록으로 존재하는 것이 아니라 그때그때 주어진 처소에서 새롭게 재구성됨으로써 생명을 이어가는 것이다. 우리는 먼저 전세계 문학들의 다양성과 차이를 존중하면서 국가와 민족, 언어의 경계를 넘어 보편적 가치에 기여할 수 있는 가능성에 주목하고자 한다. 근대를 깊이 성찰한 서양문학뿐 아니라 아시아와 라틴아메리카, 중동과 아프리카 등 비서구권 문학의 성취를 발굴하고 재평가하는 것 역시 세계문학의 지형도를 다시 그리려는 창비의 필수적인 작업이 될 것이다.

여러 전집들이 나와 있는 세계문학 시장에서 '창비세계문학'은 세계문학 독서의 새로운 기준이 되고자 한다. 참신하고 폭넓으면서도 엄정한 기획, 원작의 의도와 문체를 살려내는 적확하고 충실한 번역, 그리고 완성도 높은 책의 품질이 그 기초이다. 독서시장을 왜곡하는 값싼 유행과 상업주의에 맞서 문학정신을 굳건히 세우며, 안팎의 조언과 비판에 귀 기울이고 독자들과 꾸준히 소통하면서 진정 이 시대가 요구하는 세계문학이 무엇인지 되묻고 갱신해나갈 것이다.

1966년 계간 『창작과비평』을 창간한 이래 한국문학을 풍성하게 하고 민족문학과 세계문학 담론을 주도해온 창비가 오직 좋은 책으로 독자와 함께해왔듯, '창비세계문학' 역시 그러한 항심을 지켜나갈 것이다. '창비세계문학'이 다른 시공간에서 우리와 닮은 삶을 만나게 해주고, 가보지 못한 길을 걷게 하며, 그 길 끝에서 새로운 길을 열어주기를 소망한다. 또한 무한경쟁에 내몰린 젊은이와 청소년 들에게 삶의 소중함과 기쁨을 일깨워주기를 바란다. 목록을 쌓아갈수록 '창비세계문학'이 독자들의 사랑으로 무르익고 그 감동이 세대를 넘나들며 이어진다면 더없는 보람이겠다.

2012년 가을
창비세계문학 기획위원회

창비세계문학 21

한밤 낮은 울음소리
중국 현대대표시선

초판 1쇄 발행 / 2013년 10월 30일

지은이 / 린망 외
옮긴이 / 김소현 · 김자은
펴낸이 / 강일우
책임편집 / 권은경
펴낸곳 / (주)창비
등록 / 1986년 8월 5일 제85호
주소 / 413-120 경기도 파주시 회동길 184
전화 / 031-955-3333
팩시밀리 / 영업 031-955-3399 편집 031-955-3400
홈페이지 / www.changbi.com
전자우편 / lit@changbi.com